KB199983

심심할 때 읽는 책

심심할 때 읽는 책

초판 1쇄 인쇄_ 2012년 8월 7일 | 초판 1쇄 발행_ 2012년 8월 10일
엮은이_인터넷 동호회 | **펴낸이**_진성옥 · 오광수 | **펴낸곳**_꿈과희망
디자인 · 편집_김창숙, 박희진 | **마케팅**_최대현, 김진용.
주소_서울시 용산구 갈월동 101-49 고려에이트리움 713
전화_02)2681-2832 | **팩스**_02)943-0935 | **출판등록**_제1-3077호
http://www.dreamnhope.com| e-mail_ jinsungok@empal.com
ISBN_978-89-94648-29-3   03810
※ 책 값은 뒤표지에 있습니다.
ⓒPrinted in Korea. | ※ 잘못된 책은 바꾸어 드립니다.

심심할 때 읽는 책

인터넷 동호회 엮음

꿈과 희망

아기들의 해맑게 웃는 모습처럼 우리가 웃어본 적이 과연 얼마나 될까.

가슴속까지 시원하도록 파안대소를 해본 적이 언제인가.

배꼽 빠지도록, 눈물나도록 웃어본 적이 언제인가.

많은 사람들이 바쁜 일상을 이유로 우리 얼굴에서 웃음이 사라지고 있는 것을 깨닫지 못하고 있다.

우리가 아무리 바쁘고 힘들어도 하루 세 끼 밥은 먹어야 하고, 잠은 자야 하듯이 우리 몸은 항상 웃음을 기다리고 있다.

옛 명언을 예로 들지 않아도, 어느 박사님의 말씀을 예로 들지 않아도 삶 속에서 웃음이 얼마나 소중한지는 모두들 잘 알고 있다.

이 책은 앞으로만 달려가느라 정신없는 우리의 갈증을 달래줄 시원한 생수 같은 것이다.

지식을 넓혀주거나 삶을 살찌워주는 지식이 담겨 있지는 않지만 삐그덕거리는 우리 마음을 달래주고, 복잡한 일상에서 잠시나마 벗어나게 하므로써 지치고 늘어졌던 삶을 재충전할 수 있는 윤활유 역할을 할 것이다.

몸과 마음을 튼튼하게 하는 비법은 멀리 있는 것이 아니다. 마음이 편안해지면 몸은 자연스럽게 건강하게 되는 법.

한바탕 웃음으로 가슴속에 쌓인 먼지들을 털어내는 것이야말로 몸과 마음이 건강해지는 비법이 아닐까.

웃음은 모든 사람들의 수수께끼를 풀 열쇠이다.

– 칼라일 –

공부 못하는 사람들의 특징

1. 시험발표가 나야 꼭 공부한다.

2. 계획만 무지 잘 세운다.(무지하게 고치기도 잘한다.)

3. 공부하기 전에 할 일이 많다.(특히 책상 정리, 플러스펜 찾고)

4. 처음엔 책상에서 하다가 갑자기 상을 펴고 하더니 침대에 눕고, 그러다 결국 잔다.

5. 시험발표 나면 해야지 하고서 막상 발표나면 나중엔 자포자기한다.

6. 동태를 살피고 동지를 찾는다.(같이 포기하자는 둥)

7. 밤샘 즉 벼락치기를 철썩같이 믿는다.

8. 공부하고 자야지가 아니라 좀 자고 나서 해야지 한다.(일어나보면 아침이다.)

9. 오색찬란한 필기노트 (보는 것만으로도 뿌듯!) 심지어 색칠까지 한다

10. 시험기간만 되면 국민좌담이나 시사프로 같은 게 무진장 재밌다.

11. 책상에 필기 복사물만 가득 쌓였다.

12. 기적을 믿는다.(그러나 시험 보고 나면 무지하게 후회한다.)

13. 머리는 좋지만 안해서 못하는 것이라고 생각한다.

14. 공부는 못해도 인간성은 캡이라고 생각한다.

15. 시험 점수가 낮으면 이번 시험은 좀 어려웠어~^^; 하고 넘어간다.

개구리의 고민

외로운 개구리 한 마리가 전화상담 서비스에 전화를 해서 그의 장래에 대해 물었다.

상담 전화를 받은 사람은 이렇게 말했다.

"당신에 대해 모든 것을 알고 싶어 하는 소녀를 만나게 될 것이오."

개구리는 기뻐서 어쩔 줄 몰랐다.

"와우! 정말 잘 됐네요. 그럼 파티 같은 곳에서 만나게 되나요?"

그러자 상담원이 하는말…. - _ -

"아닙니다. 생물시간에 만나게 될 것입니다."

슬픔, 분노, 그리고 쇼킹

☆슬픔☆ - 술 먹고 핸드폰 잃어버릴 때.

☆분노★ - 내 전화에 전화하니 통화중일 때.

★쇼킹★ - 10분 후 다시 전화해서 핸드폰 주인이라고 말하니 "근데?"라고 할 때.

☆슬픔☆ - 배가 고파 1,000원을 들고 오뎅을 먹을 때.

☆분노★ - 다섯 개 먹고 나니 4개에 천 원이라고 할 때.

★쇼킹★ - 사정사정해서 깎았는데 다른 사람이 먹은 오뎅꼬치를 내 것으로 오해받을 때.

☆슬픔☆ - 돈 없이 물리기 당구 치러 목숨 걸고 당구장 갈 때.

☆분노★ − 5시간짜리 내가 물릴 때.

★쇼킹★ − 당구장 아저씨가 조폭일 때.

☆슬픔☆ − 고등학생들이 시비걸며 삿대질 할 때.

☆분노★ − 삿대질 하다가 돈 있냐고 물어볼 때.

★쇼킹★ − 돈 줬는데도 때릴 때.

☆슬픔☆ − 크리스마스 때 눈이 안 올 때.

☆분노★ − 눈은 커녕 비만 막 쏟아질 때.

★쇼킹★ − 비 맞고 집에 들어오니 함박눈 쏟아질 때.

☆슬픔☆ − 빵을 먹는데 빵 속에서 개미가 나를 쳐다볼 때.

☆분노★ − 더러워서 이를 닦는데 살아 있는 개미 한 마리가 칫
솔에 붙어 기어 다닐 때.

★쇼킹★ − 방에 앉아 내가 버린 빵을 맛있게 먹는 형을 볼 때.

남자와 강아지의 공통점

1. 털이 많다

2. 먹이를 챙겨주어야 한다.

3. 복잡한 말은 잘 알아듣지 못한다.

4. 시간을 내 놀아 주어야 한다.

5. 버릇을 잘 들여 놓지 않으면 평생
고생한다.

남자가 강아지보다 편리한 점

1. 돈을 벌어온다.
2. 데리고 다닐 때 여자목욕탕을 제외하고는 출입 제한이 없다.
3. 간단한 심부름쯤은 시킬 수 있다.
4. 혼자 두고 여행을 다닐 수 있다.

그럼에도 남자보다 강아지가 좋은 점

1. 부담없이 때릴 수 있다.
2. 두 마리를 함께 키워도 뒤탈이 없다.
3. 강아지는 부모가 어떻게 키우라고 간섭하는 일이 없다.
4. 돈이 적게 든다. [남자보다 - _ -]
5. 외박하고 들어와도 꼬리치며 반겨준다.

가슴과 물건의 관계

꼬마와 엄마와 아빠가 수영장을 찾아갔다. 수많은 사람들이 죄다 야한 수영복을 입고 폼을 내고 있었다. 그때 꼬마가 달려와 하는 말.

꼬마 : 엄마! 왜 어떤 여자는 가슴이 왕 크고 어떤 여자는 가슴이 작은 거야?

엄마 : 으응~ 그게 말이지. 돈 많은 여자는 가슴이 크고, 돈 없는 여자는 가슴이 작은 거야.

꼬마는 알았다는 듯이 입가에 미소를 짓고 물장구를 치러 갔다. 그러다 잠시 후 꼬마가 황급히 달려와 하는 말.

꼬마 : 엄마! 왜 어떤 아찌들은 물건이 크고 어떤 아찌들은 물건이 작은 거야?

엄마 : 으응~ 머리가 좋은 남자는 물건이 크고 머리가 나쁜 남자는 물건이 작은 거야.

다시 알았다는 듯 즐거운 표정으로 돌아가는 꼬마를 보며 엄마는 한숨을 내쉬었다. 그런데 잠시 후 헐레벌떡 달려오는 꼬마 왈,

"엄마! 엄마! 아빠가 돈 많은 여자를 보더니 갑자기 머리가 막 좋아지고 있어!"

편두통

심한 편두통으로 환자가 병원에 찾아갔다. 의사는 이 약 저 약을 다 시도해 보았지만 아무 소용이 없었다. 환자는 죽을상을 하고서 매일 치료받으러 오는데 의사로서도 보통 스트레스가 아니었다.

하다못해 의사가 말했다.

"정말 난치성이군요. 그래서 말인데요. 책에 없는 방식을 한 번 써봅시다. 나는 사실 의사지만 편두통이 생기면 약을 안 먹고 이 방법을 쓰죠. 즉, 편두통이 오면 이층에 있는 우리 집으로 올라가서 푸시업을 한 백개 미친 듯이 하고 찬물에 샤워를 하고 그러고 나서 침대에 가서 우리 집사람하고 과격하게 섹스를 합니다. 그러고 나면 정말 씻은 듯이 통증이 사라져요. 이 방법을 한번 권하고 싶군요."

환자는 한번 해보겠다고 말하고 갔다.

일주일 후, 그 환자가 다시 찾아왔다.

"선생님, 정말 고맙습니다. 선생님이 권하신 방법을 일주일 간 해보았더니 정말 편두통이 사라졌어요. 정말 신기할 지경입니다. 감사합니다."

의사도 흡족해 하며 말했다.

"그래요? 다행입니다. 잘 될 줄 알았습니다."

환자는 의사를 침이 마르도록 칭찬하고 감사해 하더니 돌아가면서 한 마디했다.

"선생님, 그 동안 감사했다고 사모님께도 꼭 좀 전해주세요."

완벽한 준비

어느 야시시한 쇼걸이 있었다. 그 쇼걸은 무려 아흔일곱이나 먹은 돈이 무지무지 많은 할아버지와 결혼을 하게 되었다. 쇼걸은 그 할아버지를 첫날밤에 보내고 그 재산을 차지할 셈이었다. 그래서 한 달이나 남자를 굶고 신혼여행을 갔다. 신혼 첫날 밤, 쇼걸은 제일 야한 옷과 야한 자세로 누워 할아버지를 기다렸다. 잠시 후, 샤워를 마치고 나온 할아버지 모습을 보고 쇼걸은 깜짝 놀라고 말았다. 할아버지는 거기다 콘돔을 차고 귀에 귀마개를 하고 또 코에 코마개까지 한 것이 아닌가? 놀란 쇼걸이 물었다.

"할아버지…… 아니 여보! 그게 무슨 꼴이에요?"

그러자 할아버지 대답하길,

"응, 난 세상 모든 건 참을 수 있어도 여자가 지르는 비명소리랑, 콘돔 고무 타는 냄새는 못 참아."

노인과 의사

한 80세 된 노인이 건강진단을 받으러 병원에 와서 검사를 마치고 나자 의사가 기분이 어떠냐고 물었다. 노인은 "최고야 최고. 아 글쎄 내 18살 먹은 새 마누라가 내 아이를 임신했어. 어떻게 생각해?"라고 자랑했다. 의사는 잠시 생각을 하더니 노인에게 이야기를 했다.

"제가 사냥을 아주 좋아하는 친구를 알고 있어요. 이 친구는 절대 사냥철을 그냥 지나치지 않지요. 그런데 어느 날 급히 서두르다가 실수로 우산을 총인 줄 알고 산 속에 들어가 곰을 정면으로 만났지요. 이 친구는 우산을 들고 곰을 겨냥하고는 손잡이를 힘껏 당겼습니다. 어떤 일이 일어났는지 아시겠습니까?"

노인은 어리둥절해 모르겠다고 대답했다. 의사는 계속해 말하기를.

"그 곰이 그 자리에서 쓰러져 죽었습니다."

그러자 노인은 의아해 하며 말했다.

"그럴 리가 있나? 누군가 다른 사람이 쐈겠지."

의사는 흐뭇해 하며 말했다.

"제가 하고 싶은 말이 바로 그것입니다."

침실골프의 규칙

1. 경기자들은 각자 자신의 장비를 준비한다. 보통 클럽 한 개와 두 개의 공.(14개의 클럽을 준비한 자는 이유불문 퇴장당한 다.)

2. Course에서 플레이할 때는 Hole 주인의 허락이 있어야만 한 다.

3. 야외 골프와는 달리, 클럽을 홀 안에 넣고 공은 홀 밖에 있게 하는 게 목적이다.

4. 가장 효과 있는 경기를 위해서, 클럽은 단단한 shaft를 갖고 있 어야 한다.

   코스의 주인은 경기를 시작하기 전에 shaft가 견고한지, 손상 된 것인지의 여부를 확인할 수 있다.

5. 코스의 주인은 홀이 손상되는 것을 방지하기 위해 클럽의 길 이를 제한할 수 있다.

6. 게임의 목적은 코스의 주인이 만족할 때까지 필요한 만큼의 stroke를 하므로써 게임이 끝난다. 실패했을 경우 다음 번 플 레이를 거부당할 수도 있다.

7. 홀에 도착하자마자 본 경기를 시작하는 것은 좋은 생각이라고 할 수 없다. 경험이 있는 경기자들은 보통 전 코스를 돌아보는 데 시간을 아끼지 않으며, 특히 잘 가꾸어진 bunker에 관심을 집중한다.

8. 경기자들은 현재 경기하고 있는 코스의 주인에게 과거나 근래에 플레이했던 코스에 대해 말하지 않도록 주의해야 한다. 그 때문에 화가 난 코스의 주인이 경기자의 장비를 손상(물어뜯는 등)시킨 적이 있다.

9. 만약을 대비해 경기자들은 적절한 우의를 준비하는 것이 현명하다.

10. 경기자들은 그들의 경기가 적절히 예약되었는지를 확인하는 것이 좋다. 특히 처음으로 플레이하는 곳일수록……. 이전의 경기자들이 자신들의 전용 코스라고 생각하고 있는 코스에서는 다른 경기자들이 플레이하고 있는 것을 발견할 경우 많이 화를 내거나 이성을 잃어버리는 경우가 있기 때문이다.

11. 후반 9홀을 경기하고 싶은 경우, 시작하기 전에 코스 주인의

허락을 받는 것이 좋다.

12. 전반적으로 천천히 경기하는 것이 장려되지만, 주인의 요구가 있을 경우, 빨리 플레이할 수 있도록 준비되어 있어야만 한다.

13. 시간이 허락되는 한, 한 코스에서 여러 번 경기하는 것이 아주 성공한 경기라 할 수 있다.

14. 단지 코스의 주인만이 우승자를 가릴 수 있으며, 좋은 플레이어는 다음 시합의 특별초대권을 받게 된다.

부부의 소원

부부가 결혼한 지 15년이 되었다. 두 사람이 그 날을 기념하고 있는데 요정이 나타나서 두 사람이 그 동안 금슬이 좋았으니 소원 한 가지씩 들어주마고 했다. 할머니가 먼저 말했다.

"우리는 그 동안 워낙 가난하다보니 세상 구경을 못했어요. 세계 일주 여행을 해봤으면 좋겠네요."

요정이 지팡이를 흔들자 항공권이 나왔다. 다음은 할아버지 차례. 60세 된 할아버지는

"난 나보다 서른 살 젊은 여자와 살았으면 좋겠군."

라고 했다. 그 말을 들은 요정이 지팡이를 흔들자…… 영감님은 90세 노인이 되었다!!!

확실한 이혼사유

1. 남녀의 성격이 안 맞을 때. 성격 : 성기의 규격.
2. 남자의 박력이 부족할 때. 박력 : 구멍에 박는 힘.
3. 여자의 내조가 부족할 때. 내조 : 안에서 조이는 힘.

이러면 문제 있다

1. 얼굴에 핏기가 마르고 점점 창백해져 가는 것을 느낀다. – 피가 다른 곳에 다 모이기 때문.
2. 언제부터인가 비아그라 이후에 태어난 아이들을 '약후 세대' 이전에 태어난 아이들은 '약전 세대' 라고 부르고 있다.
3. 갑자기 옆집 할머니가 처녀로 보이고, 볼 때마다 점점 예뻐 보인다.
4. 내가 사우나만 가면 사람들이 자리를 피한다.
5. 사람들이 나를 삼발이(?)라고 부른다.
6. 백사장에 누워 있으면, 사람들이 해시계로 착각한다.
7. 야영장에서 텐트를 칠 때 폴대 없이 버티기도 한다.
8. 지하철에서 줄을 설 때, 남자들은 나를 자신의 앞으로 보내주고, 여자들은 계속 자신의 뒤에 있기를 원한다.
9. 이젠 피노키오가 그렇게 큰 거짓말쟁이로 보이지 않는다.
10. 비아그라 이후 림보(Limbo) 장애물을 한 번도 통과한 적이 없다.
11. 가끔 핸들에 큰 막대가 끼어 죽을 뻔한 적이 있다.
12. 내가 대선에 출마하면 르윈스키가 청와대에서 인턴을 하겠

다고 한다.

13. 절대로 넘어지지 않는다.(무게 중심이 아래에 있다.)
14. 가끔 밥 잘 먹다가 나도 모르게 밥상을 엎어 버리곤 한다.
15. 20년 전에 헤어진 첫사랑이 제 발로 찾아온다.

간판의 의미

아들과 며느리가 모처럼 수영장을 간다고 나서자 시어머니가 따라 나섰다. 며느리의 꽃무늬 비키니 수영복까지 빼앗아 입은 시어머니는 왕년에 잘 나가던 시절 생각만 하고 멋진 포즈로 다이빙을 했다. 그런데 이를 어쩌나 수면 위로 올라오면서 수영복이 몽땅 벗겨진 것이다. 아무리 찾아봐도 수영복을 찾을 수가 없어서 시어머니는 수영장 안에서 나오지 못하고 있는데 휴식시간이 되어서 관리인이 호루라기를 불면서 자꾸 나오라고 재촉하는 것이다. 난처해진 시어머니는 머리를 굴렸다. 그러다 보니깐 저편에 나무 간판이 대여섯 개 있는 것이 보였다. 얼른 거기로 헤엄쳐서 재빨리 나가 아무 나무 간판 하나를 골라 급히 으뜸 부끄럼을 가렸는데 사람들이 쳐다보고 전부 웃는 것이었다. 그 간판에는 이렇게 써 있었다.

'위험! 수심 2미터. 자신 있는 분들만 오세요.'

얼굴이 빨개진 시어머니는 그 간판을 버리고 얼른 다른 것으로 가렸는데 사람들이 더욱 웃는 것이었다.

'남성용, 옷 벗고 들어오세요.'

간판을 다시 버리고 또 다른 것을 들어서 가리는데 이제는 사람들이 데굴데굴 구르면서 웃는 것이었다.

　'대인 5천원, 소인 3천원, 20명 이상 할인해 드립니다.'

　울상이 된 시어머니는 할수없이 다시 다른 간판으로 가렸는데 이번에는 웃다가 기절하는 사람도 있었다.

　'영업시간 : 오전 9시부터 오후 5시까지'

　이제는 하나밖에 안 남은 마지막 간판으로 가렸는데 사람들이 웃다가 눈물까지 질금거리는 것이다.

　마지막에는 이런 글귀가 써 있었다.

　'여기는 여러 사람들이 사용하는 곳이니 다른 사람들을 위해 깨끗이 사용합시다.'

포경수술 십계명

　1. 사전조사를 통해 가급적 남자간호사가 있는 곳을 선택한다.

　2. 전문병원을 찾아가라. 정형외과는 금물.

　3. 가격에 대해 왈가왈부하지 마라. 달라는 대로 줘라. 개망신이
　　다.

4. 수술 전 의사선생님께 조용히 청탁하라. "못생기게 해주세요!"
5. 수술 후 아프더라도 당당히 걸어가라. 간호사들이 뒤에서 비웃는다.
6. 금욕의 시간의 시작이다. 인터넷을 통해서 음란동영상 발견 시 과감히 채널을 돌려라. 발기와 함께 고통의 시작이다.
7. 첫날 밤 나이트메어를 연상케 하는 고통이 엄습할 것이다. 머리맡에 귀이개 준비하라.
8. 가장 중요한 대목, 병원서 가까운 화장실에서 온갖 음란한 생각을 하여 최대한 발기시킨다. 곧 터질 것이다. 곧장 병원을 향한 후 재봉합 수술을 받는다. 당장은 고통스럽더라도 훗날 웃게 되는 날이 올 것이다.
9. 재봉합 수술 후, 더욱더 지저분해진 것을 보면서 흐뭇해 하며 소독을 게을리하지 말 것. 성능을 시험하는 그날을 위해······.
10. 젊은 날의 한순간의 고통은 나중에 그만큼의 대가가 있다는 것을 알고 오늘도 난 열심히 소독중임.

처녀와 감기

예쁜 처녀가 감기가 걸렸다. 그래서 가장 확실한 감기 주사를 병원에서 맞았다. 이때 그녀의 몸 안에 있던 감기 바이러스 셋이서 토론을 벌인다.

감기 바이러스 1 : "야야! 이번 거 캡이래. 완빵에 다 간다던데. 나는 살아남기 위해서 머리 꼭대기로 도망갈 거다."

감기 바이러스 2 : "에이 그걸로는 쨉도 없지! 나는 엄지발가락 끝으로 도망갈 거다!!"

감기 바이러스 3 : "야! 택도 없는 소리 하지도 마. 내가 가장 확실한 방법을 알고 있지." "나는 이따가 밤 열두 시쯤에 그거 들어오면, 그거 타고 나갈 꺼다!!!"

직업병

한 외과의사가 정육점에 고기를 사러 갔다. 의사는 이 부위를 잘라라 저 부위는 맛이 없다는 등 정육점 주인을 짜증나게 했다. 화가 난 정육점 주인이 고기를 내던지며 이렇게 말했다.

"보슈, 그럼 당신이 맘에 드는 부위를 직접 잘라 가면 될 것 아니요?"

그러자 외과의사가 회심의 미소를 지으며 고깃덩이 앞에 섰다. 고기를 한참 주시하던 외과의사, 정육점 주인에게 손을 내밀며 하는 말,

"메스!"

내가 더 섹쉬하쥐

어느 마을에 색끼를 주체 못하는 두 유부녀가 살고 있었다. 두 유부녀는 어느 날 누가 더 색끼가 넘치는지 내기를 하였다. 내용인즉 누가 이 마을에서 많은 남정네와 관계를 가졌냐를 따지는 거였다. 고심 끝에 그러면 마을 귀퉁이에 서서 지나가는 남자 중 자기와 관

계를 가진 남자가 지나가면 아는 척을 하자는 것이었다. 한참을 서 있는데, 세탁소 아저씨가 세탁물을 가지고 배달을 가고 있었다. 그러자 앞집 여자가 '세탁소 아저씨 안녕~!'이라고 먼저 말했다. 슈퍼마켓 아저씨가 지나갈 때도 앞집 여자는 '슈퍼 아저씨 안녕~~' 신문배달 총각이 지나갈 때도 앞집 여자는 '신문 총각 안녕~~' 이에 뒷집 여자는 이마에 식은땀을 흘리기 시작했다. 뒷집 여자는 패배를 인정하고 집으로 돌아왔다. 화가 난 뒷집여자가 냉장고를 확 열어제치고는 하는 말,

"오이 안녕~! 호박 안녕~! 가지 안녕~! 당근 안녕~! 바나나 안녕~! 쏘시지 안녕~!"

당신의 부드러운 속살

당신을 잊을 수가 없습니다. 별빛 속에 사람들이 다 잠이 들은 새벽이지만 저는 당신의 모습이 어른거려 잠을 이루지 못합니다. 늦은 새벽에 당신 생각은 더욱 간절합니다. 당신과의 만남은 언제나 기다림으로 시작됩니다. 어제도 당신과 마주하기 위해 가만히 기다렸습니다. 그때 당신은 따뜻한 물로 온몸을 데우고 있었지요. 기다림이 지난 후엔 하얀 안개 같은 수증기 속에서 당신의 뽀오얀 피부를 드러냈습니다. 다소곳이 내 앞에 자리잡은 당신은 백옥처럼 맑고 속이 비쳐 보일 정도의 투명함과 윤기 나는 피부로 저를 유혹했습니다. 당신의 유혹은 너무도 강렬했습니다. 저는 당신의 몸을 탐닉해 들어갔습니다. 아~ 당신의 부드러운 속살이 드러났을 때 저의 입은 강렬하게 당신의 속살을 더럽힐 수밖에 없었습니다. 그

리고 저는 천국을 만났습니다. 아……, 만두는 역시 속 맛입니다.

이상한 처방

어느 남자가 병원에 찾아와 의사에게 고민을 얘기하였다.

"언제부터인가 저의 거시기에 빨간 테두리가 생겼는데 지워지지를 않습니다."

의사는 상처 부위를 보았지만 도대체 원인을 알 수 없었다. 그래서 이 약 저 약 다 처방을 해보았지만 도저히 그 테두리는 지워지지 않았다. 그래서 그 남자와 의사는 거의 포기 상태에 이르렀는데 한 간호사가 그 남자에게 이상한 물약을 주면서 발라보라고 하였다.

그런데 그 약을 바르자마자 신기하게 그 빨간 테두리가 없어지는 것이었다.

그 남자와 의사는 매우 놀라며 간호사에게 물어보았다.

"도대체 어떤 약이길래 그렇게 간단하게 치료할 수 있었죠?"

그러자 간호사가 얼굴을 붉히며 하는 말,

"립스틱 지우는 약인데요."

변태선생과 변태여학생

어느 날 여학생들이 남 선생님을 놀리려고 우유 한 컵을 교탁에 얹어 두었다. 그걸 본 선생님은 이것이 무엇이냐고 묻자 여학생들은 웃으며,

"저희가 조금씩 짜서 모은 거예요. 사양치 말고 드세요."

라고 말했다.

그러자 남자선생님은 조금 당황했지만 뭐라고 대답할지 곰곰이 생각했다.

"오래 살다보니 처녀 젖도 먹어보네." 이러면 재미없겠지.

"신선한 게 맛있겠는데." 이것도 별로겠다.

"비린내 나서 못 먹겠다." 이것도 어설프고

남자선생님은 뭐라고 대답할지 곰곰이 생각을 한 후 한 마디했다.

"난 젖병 채로 먹고 싶어."

절정

1. 인내의 절정

 — 바나나 나무 아래, 홀렁 벗고 누운 여자의 무릎과 무릎 사이.

2. 고통의 절정

 — 자신의 거시기를 잡고 구르는 권투 선수.

26

3. 게으름의 절정

  - 아내의 배 위에 누워 지진을 기다리는 남자의 마음.

4. 대결의 절정

  - 폭포 아래에서 쉬야 하는 남자의 오줌발.

5. 속물의 절정

  - 빨대로 젖을 물리는 교양 있는 모정.

6. 황당함의 절정

  - 볼일 잘 보고 손가락이 화장지를 뚫고 지나갈 때.

7. 과학 기술의 절정

  - 지퍼 달린 콘돔.

8. 곤란함의 절정

  - 똥꼬가 가려운 외팔이 암벽 등반가.

오래된 최불암 시리즈

최불암, 주윤발, 이덕화가 비행기를 타고 가다 정글로 추락하였다. 구사일생으로 살아났으나 재수없게도 식인종 마을에 떨어져서 잡혀갔다.

식인종 추장 : 내 너희들은 잡아먹기 전에 마지막으로 소원을 들어주겠다.

주윤발 : 비행기에서 떨어져 구사일생 했는데, 이렇게 잡혀 먹히다니 너무 억울합니다. 살려주십시오.

추장 : 좋다. 그러면 네 놈들 세 사람 물건 길이를 합쳐 2m가 넘으면 살려주겠다.

이에 주윤발이 먼저 바지를 벗어 길이를 재니 1m 80cm였다.

주윤발 : 너희 두 놈이 아무리 작아도 20cm는 되겠지.

다음은 이덕화가 바지를 벗어 재니 19cm였다.

이덕화 : 최불암 저놈이 아무리 작아도 1cm는 되겠지?

그리고 마지막으로 최불암 것을 재니 0.99cm였다. 추장은 노력이 가상하다고 생각하며 2m로 인정하고 그들을 살려주었다. 부리나케 식인종 마을을 벗어난 주윤발은 이덕화와 최불암의 뒤통수를 갈기면서,

"병신들아, 그것도 물건이라고 달고 다니냐?"

열 받은 이덕화는 최불암의 뒤통수를 갈기며

"차라리 잘라라, 잘라! 병신아!"

이때 잠자코 있던 최불암. 주윤발과 이덕화의 뺨을 갈기며 하는 말,

"자식들아, 그때 내가 안 꼴렸으면 네놈들 다 죽었어, 임마!"

토끼의 의미

어떤 여자가 엉덩이에 토끼가 그려진 팬티를 입었다. 그런데 아침에 일어나 보니 토끼가 앞에 있는 거였다.

여자 : 토끼야, 토끼야! 너 왜 여기 있니?

그러자 토끼 왈,

토끼 : 풀 뜯어먹으러 왔쥐!

어떤 남자가 엉덩이에 토끼가 그려진 팬티를 입었다. 그런데 아침에 일어나 보니 토끼가 앞에 있는 것이었다.

남자 : 토끼야, 토끼야! 너 왜 여기 있니?"

그러자 토끼 왈,

토끼 : 당근 먹으러 왔쥐!

수녀와 변태

머리를 길게 기른 한 히피가 버스에 탔다. 그런데 옆을 보니 수녀 한 분이 앉아 계신 게 아닌가? 청순하면서도 섹시한 그녀의 모습을 보고 히피는 참을 수가 없었다.

히피 : 저…… 차라도 한 잔…….

수녀 : 이 무슨 짓이요? 하느님을 섬기는 성스러운 이 몸에게…….

머쓱해진 히피가 버스에서 내리는데

버스운전사 : 흠, 자네, 저 수녀와 자고 싶나?

히피 : 네…… 넷!

버스운전사 : 그럼 그 방법을 알려주지. 저 수녀는 매일 밤 12시에 마을 공동묘지에서 기도를 한다네. 그러니 그 시간, 그 장소에서 예수님 행세를 하게. 그러면 그녀가 자네에게 넘어올 걸세!

히피는 공들여 예수님으로 분장을 했다. 우선 긴 머리를 풀고, 때 묻은 속옷으로 대충 몸을 감싼 뒤, 스카치테이프로 플래시를 등 뒤에 후광처럼 보이게 했다. 그리고 기도하고 있는 수녀 앞에 나타났다.

히피 : 아, 참으로 성실한 수녀로구나. 내 네 기도를 모두 들었느니라.

수녀 : (놀란 목소리로) 예…… 예수님!

히피 : 놀라지 말거라. 너의 깊은 신앙심이 나를 무척 기쁘게 하는구나. 네게 은총을 내리마.

수녀 : 예수님. 감…… 감사합니다.

히피 : 단, 조건이 있느니라.

수녀 : 조건이란 무엇입니까? 저는 예수님이 원하시는 것이라면 무엇이든 할 준비가 되어 있사옵니다.

히피 : 그 조건은 나와 동침하는 것이다.

수녀 : 동…… 동침 말이옵니까? (고민하다가) 아니 되옵니다. 저는 순결을 지켜야 할 수녀이옵니다.

히피 : (껄껄 웃으며)그 순결도 나를 위해 지키는 법! 내가 원하는 이상 너는 신경쓸 것 없느니라.

수녀 : (결단을 내린 듯이) 예수님께서 원하신다면 좋습니다. 다만…….

히피 : 다만?

수녀 : 순결을 지키는 의미에서 뒤로 하는 것이 어떨까요. 괜찮으시다면…….

히피 : (오오오우우우) 네가 정 원한다면 허락하겠느니라.

그래서 그들은 자정의 공동묘지에서 비정상적이나마 격렬한 정사를 치렀다. 한바탕의 폭풍이 지나간 후 승리감에 도취한 히피는 변장을 벗어 던지며 이렇게 외쳤다.

히피 : 우하하하~~~ 나는 아까의 그 히피닷!

그러자 수녀는 그녀의 수녀복을 벗어 던지며 이렇게 외쳤다.

수녀 : 우하하하~~~ 나는 버스운전사닷!!

진실의 거울

진실을 말하지 않으면 죽는 거울이 있었다.

김혜수 : 난 왜 이렇게 날씬하지? 헉~

김남주 : 난 고친 데 하나도 없어! 꺼헉~

김희선 : 내 생각엔…… 난…… ㄲ헉~ 아무 말도 안 했는데 왜 죽는 거야?

그러자 거울이 하는 말

"넌 아무 생각 없잖아!"

섹스 다이어트

* 옷 벗기기

그녀도 원할 때·····················12 cal

그녀가 원치 않을 때·····················187 cal

* 브레지어 벗기기

양손으로·····················8 cal

한 손으로·····················12 cal

한 발로·····················50 cal

입으로·····················85 cal

*콘돔 씌우기

발기 상태로·····················6 cal

비 발기 상태로·····················315 cal

*전희

클리토리스를 찾을 때·························8 cal

G스팟을 찾을 때·····················92 cal

그런 거 안 할 때·····················0 cal

*그 짓을 할 때

침대로 안아 올리면·····················12 cal

그냥 바닥에서 하면·····················8 cal

*체위

평범 체위·····················2 cal

누워서 식스나인·····················8 cal

서서 식스나인·····················112 cal

손수레 체위·····················216 cal

이태리식 샹들리에·····················912 cal

*오르가즘

진짜일 때·····················112 cal

연기할 때·····················315 cal

*소강기

그냥 침대에 누워서·····················18 cal

침대에서 뛰쳐나가면·····················36 cal

그녀가 왜 침대에서 뛰쳐나가는지 헤아리려면··········816 cal

*재발기를 꾀할 때

16세 이상 19세 이하·····················12 cal

20대·····················36 cal

30대·····················108 cal

40대·····················324 cal

50대·····················972 cal

60대 이상·····················2916 cal

*옷을 입을 때

얌전히 입으면·····················32 cal

서두르며 입으면·····················98 cal

그녀의 남편이 문을 열 때·····················1218 cal

신혼부부

남자가 때와 장소를 가리지 않고 덤벼들기 때문에 괴로운 여자가 있었다. 남자는 잘 때는 물론이고 밥 먹을 때, 청소, 빨래할 때도 수시로 덤벼들었다. 너무도 괴로운 나머지 여자는 펜을 들고 아버지께 편지를 썼다.

"아버지, 제 남편이 때와 장소를 안 가리고 너무 밝힙니다. 그래서 너무 괴롭습니다. 제발 아버님께서 어떻게 좀 해주세요."

(추신) 글씨가 너무 흔들려서 죄송합니다.

빵빵

밤일이 부실하여 마누라에게 매일 구박을 받는 나무꾼이 산으로 나무를 하러 갔다. 나무를 하던 중 우람한 거목을 본 나무꾼은 자신의 신세를 한탄하며 흐느꼈다. 곡소리를 들은 도사가 나타났고 나무꾼은 도사에게 자초지종을 고하였다. 그리하여 도사는 나무꾼의 고충을 들어주기로 했다.

도사 왈, 빵빵이라고 외치면 물건이 커지고 다시 빵빵이라고 외치면 작아질 것이다. 그러나 3번밖에 써먹지 못하는 것이라 부디 유용하게 적시에 써먹어라.

기쁜 마음에 나무꾼은 절을 하고 산을 내려 집으로 향했다. 내려오는 중 뒤에서 차들이 빵빵!! 빵빵!!

어라? 그놈의 차들의 경적소리에…… 이런 제기랄…… 마지막 한번밖에 남지 않았다.

급한 마음에 집으로 달려 아내에게 말했다.

나무꾼 : 임자! 얼렁 이불 깔어.

마누라 : 왜 이러는겨(못이기는 듯이)

나무꾼 : (씩씩하고 자신 있게) 빵빵!!

마누라 : 헉…….

나무꾼 : (감격의 눈물을 흘리며…….)임자!!

놀라버린 마누라가 나무꾼의 엄청난 물건을 두 손으로 부여잡으며 한 말.

마누라 : 아따! 그놈 빵빵하네!

좋은 소식, 나쁜 소식, 난리날 소식

좋은 소식 – 남편이 피임을 약속했을 때.

나쁜 소식 – 섹시한 슬립 입고 빨간 립스틱 바르고 그것만 기다리는데 피임약이 없을 때.

난리날 소식 – 그 피임약을 딸이 가져간 사실을 알았을 때.

좋은 소식 – 아들이 방에서 열심히 공부하고 있을 때.

나쁜 소식 – 청소하다가 아들 방에서 포르노 테이프를 발견했을 때.

난리날 소식 – 포르노 테이프의 주인공이 당신 부부일 때.

좋은 소식 – 남편이 패션을 이해해 줄 때.

나쁜 소식 – 남편이 유니섹스한다며 당신 옷을 입기 시작했을 때.

난리날 소식 – 옷 입은 꼬락서니가 당신보다 더 섹시할 때.

좋은 소식 – 아내가 나에게 말시키지 않을 때.

나쁜 소식 – 마누라가 이혼을 원할 때.

난리날 소식 – 마누라 정부가 이혼전문 변호사일 때.

심판

여자 세 명이 죽어서 저승에 갔다.

첫 번째 여자가 염라대왕에게 말했다.

여자1 : 저는 남편과 결혼하기 전에도…… 결혼한 후에도 다른 남자와 같이 잤던 적이 없었습니다.

염라대왕 : 음~ 이 열쇠를 받아라 천국으로 가는 열쇠다.

그래서 여자1은 염라대왕에게 말했다

여자2 : 저는 비록 결혼 전에 다른 남자와 자봤지만 결혼한 후에는 남편하고만 잠자리를 같이 했습니다.

염라대왕 : 음~ 너도 이 열쇠를 받아라 천국으로 가는 열쇠다.

그래서 여자2도 천국으로 갔다

이번에는 세 번째 여자가 염라대왕에게 말했다

여자3 : 저는 결혼 전에도, 결혼 후에도 다른 남자와 많이 잤습니다.

염라대왕 : 이런 발칙한 것! 자 이 열쇠를 받아라.

여자3 : 이 열쇠는 어떤 열쇠이옵니까?

그러자 염라대왕 왈,

염라대왕 : 흠흠⋯⋯. 내 방 열쇠다.

혼선의 결과

아내가 부인병으로 입원중인 산부인과에 전화를 건 남편이 의사 선생님에게 말했다.

"선생님! 제 집사람 경과는 어떻습니까?"

그런데 이 전화가 그만 자동차 정비공장의 전화와 혼선이 되어 버렸다.

"⋯⋯지지⋯⋯지직⋯⋯."

"네, 많이 좋아졌습니다."

"아~ 그래요? 감사합니다."

"그러나 저러나 험하게 쓰셨더군요."

"아이구, 이거 부끄럽습니다.

"선생님 피스톤이 말이죠. 너무 헐은 것 같아요. 신품과 바꿔야겠습니다. 오늘 아침 제가 좀 굵은 걸 집어넣어 봤더니 상태가 나아지더군요. 오늘 밤 제가 한두 번 더 타보고 수리를 잘 해드릴 테니 걱정 말고 기다리십시오."

섹스의 효능

1. 여러 가지 통증을 없애 준다.

성관계를 하면서 특히 오르가즘에 오르게 되면 우리 뇌 속에 '엔돌핀(Endorphines)'이라는 호르몬이 분비되는데 이 호르몬은 마

37

치 해독이 없는 '몰핀(Morphine – 통증제거 약품 일종)'과 같은 역할을 하기 때문에 두통, 요통, 근육통, 생리통, 치통에 이르기까지 여러 가지 통증들을 감소시키거나 없애준다.

따라서 아스피린이나 파나돌을 복용하는 대신 멋진 성관계를 하는 것이 통증을 위한 자연치료법이 될 수 있다.

2. 근육의 긴장을 이완시켜 준다.

성관계를 하는 동안에는 몸 전체 구석구석의 근육을 긴장시켜 운동의 효과를 주게 되며 성관계가 끝나면 그 긴장을 완전히 풀어서 휴식상태로 돌아가게 해준다.

마치 '마사지요법(Physiotherapy)'으로 신체의 근육을 이완시켜 주는 원리와 마찬가지이다.

3. 신진대사를 촉진해 준다.

성행위는 온몸을 강렬하게 움직여야 하는 운동이기 때문에 머리에서 발 끝까지 구석구석의 혈관을 팽창하게 만들고 혈액순환의 양의 증가는 물론 속도도 빠르게 만들어 준다.

따라서 신진대사가 촉진되며 몸 속의 노폐물 제거와 건강 상태를 유지하는 데 큰 도움을 준다.

4. 피부가 고와지고 윤기가 흐르게 된다.

적어도 일주일에 한 번 정기적인 성관계를 유지하게 되면, 특히 여성의 경우, '에스트로겐(Estrogen)'이라는 여성호르몬의 분비를 증가시켜 피부를 젊고 건강하게 그리고 발랄하게 유지하는 데 큰 도움이 된다.

또 에스트로젠은 뼈를 튼튼하게 만들어 주는 기능이 있어 골절의 위험을 줄여준다.

5. 월경주기를 확실하게 만들어 준다.

성관계를 정기적으로 하게 되면 월경주기가 확실하게 고정되고 배란기도 정확하게 예측할 수 있어 임신조절을 통제하는 데 도움을 준다.

6. 여성의 경우, 질 내의 건강을 유지해 준다.

특히 폐경 후 성관계를 정기적으로 하지 않으면 여성의 질 내부 피부조직과 근육이 약화되어 세균감염은 물론 질 내부의 모양이 쭈그러드는 현상이 나타난다. 따라서 정기적인 성관계는 질 내 건강과 탄력성 유지에 큰 도움이 된다.

7. 남성의 경우, 전립선을 보호해 준다.

성관계시 사정을 하게 되면 '전립선(Prostate Gland)'의 기능과 역할을 건강하게 유지시켜 준다.

대부분 남성의 경우 나이가 들면 불편하게 소변을 보게 되는데 성생활을 계속 유지해온 남성은 이러한 증상의 고통을 피할 수 있다.

8. 남성의 경우, 성기의 기능을 계속해서 보존할 수 있다.

특히 50대 이후, 성관계의 빈도수를 줄이게 되면 성기의 발기 능력이 점차 퇴화되어 완전 발기불능의 상태까지 발전할 수도 있다. 남성의 Power를 잃지 않으려면 계속해서 정기적인 성관계를 유지하는 것이 좋다.

9. 자긍심을 높여주고 정신건강을 유지해 준다.

파트너와 아름다운 성관계는 따뜻한 사랑을 받고, 그리고 주고 있다는 진한 감정을 갖게 해준다. 따라서 긴장이나 고독감, 불안증이나 우울증을 말끔히 해소시켜 주고 자신감과 행복감을 느끼게 해 준다. 이는 결과적으로 자신을 긍정적으로 받아들이고 자긍심을 높여주기 때문에 개인적 또는 사회적으로 바람직한 정신 건강을 유지하는 데 기본이 된다고 할 수 있다.

말의 변화

두 젊은 남녀가 hotel방에 드러간 뒤 한참 있다가 들려온 소리.

"Oh! Mr. Lee please do not touch me!"

"Oh! Mr. Lee please do not touch"

"Oh! Mr. Lee please do not"

"Oh! Mr. Lee please do"

"Oh! Mr. Lee please"

"Oh! Mr. Lee"

"Oh!"

카메라맨

영국의 사회 보장 정책은 최근 의료 분야에서 '씨내리' 라고 하는 부분까지 포함하도록 확대되었다. 결혼한 지 5년이 지나도 남편 쪽의 문제로 임신이 안 된 경우 여자는 정부에 대리 아빠를 요구할 수 있게 된 것이다. 젊은 부부인 스미스씨 부부는 아이가 없었고 곧 대리 아빠가 도착할 예정이었다. 출근하면서 스미스씨가 말했다.

"나 출근해! 그 사람은 아마 조금 있으면 도착할거야!"

잠시 후 집집마다 찾아다니며 아기 사진 찍어주는 사진사가 벨을 눌렀다.

부인 : 안녕하세요.

사진사 : 안녕하세요, 부인. 부인께선 절 잘 모르시겠지만 저는……

부인 : 설명하실 필요 없어요. 오실 줄 알았으니까요.

사진사 : 정말이세요? 잘 됐군요. 저는 아기 전문가이고 특히 쌍둥이는 자신 있습니다.

부인 : 제 남편과 제가 원했던 게 바로 그거예요. 들어와 앉으세요.

사진사 : 그럼 설명은 안 드려도 되겠습니까?

부인 : 그러실 필요 없어요. 제 남편과 저는 이렇게 하는 게 옳다고 결론 내렸어요.

사진사 : 그럼 일을 시작할까요?

부인 : (얼굴을 붉히며) 어떻게 하면 되죠?

사진사 : 모든 걸 제게 맡기십시오. 저는 대개 먼저 목욕탕에서 두 번 정도 시도하고 소파에서 한 번, 그리고 침대에서 한두 번, 때로는 거실 바닥에서 잘 될 때도 있지요.

부인 : 목욕탕, 거실 바닥이요? 남편과 저도 시도해 봤지만 소용이 없었어요.

사진사 : 글쎄요, 부인. 물론 매번 잘되는 것은 아닙니다만, 우리가 여러 곳에서 해 보고 제가 여러 각도에서 시도한다면 결과에 만족하시리라고 생각합니다. 저의 신조는 '고객의 만족이 곧 나의 기쁨'입니다.

부인 : 저, 늘 그렇게 하시나요?

사진사 : 부인, 마음을 느긋하게 잡수셔야 됩니다. 물론 5분 만에 끝낼 수도 있습니다. 하지만 그러면 실망하시게 될 겁니다.

부인 : 잘 모르겠어요. 성공한 적이 많으신가요?

사진사 : (가방을 열고 아기 사진들을 보여주며) 이 사진을 좀 보세요. 안 믿으시겠지만 이건 달리는 시내버스 안에서 성공한 거지요.

부인 : 그럴 수가!

사진사 : 그리고 이건 저희 시에서 가장 예쁜 쌍둥이의 사진입니다. 그 엄마와 함께 일하기가 얼마나 힘들었는지 모르실 겁니다.

부인 : 그 엄마가 어땠는데요?

사진사 : 말도 마세요. 결국 일을 끝마치기 위해 하이드 파크까지 데려갔지요. 사람들은 몰려들지, 세 시간이나 걸렸어요. 그 엄마는 너무 열이 오른 나머지 사람들한테 소리지르고 길길이 날뛰었지요. 저는 도저히 집중할 수가 없었어요. 날은 어두워지고요. 그래서 지나가는 사람들한테 그 부인을 좀 잡고 있어 달라고 할 수밖에 없었지요. 다람쥐들까지 달려들어 갉아 먹으려하니 저는 그만 일을 끝낼 수밖에 없었어요.

부인 : 그러니까 다람쥐들이 당신의 그걸?

사진사 : 뭐 그런 일이야 다반사지요. 저는 일을 기쁨으로 생각합니다. 저는 수년간 저의 기술을 완성시키기 위해 끊임없이 노력해 왔습니다. 이 아기를 보세요. 이건 대형 백화점 앞에서 했던 건데요.

부인 : 믿을 수가 없어요.

사진사 : 자 그럼 부인, 준비가 되셨으면 저도 삼발이를 꺼내고 준비를 하죠?

부인 : 삼발이요?

사진사 : 예, 제가 가지고 있는 것이 너무 무거워서 들고 있을 수가 없거든요. 부인! 부인! 저런, 기절하셨네?

변강쇠와 옹녀

어느 날 옹녀와 변강쇠가 산길을 걷고 있었다. 그런데 멀리서 곰이 다가오고 있지 않은가. 변강쇠는 옹녀를 보호하기 위해 곰에게 다가가 바지를 내렸다.

변강쇠 : 꼼짝마라! 움직이면 이 총으로 쏘겠다.

곰 : 하하하, 그게 총이냐? 물총이지.

그러자 옆에 있던 옹녀가 치마를 내렸다.

옹녀 : 이건 총 맞은 자리다!!!!

곰 : 으아악~

검정 콘돔

장례식장에서 돌아온 아내가 까만 드레스를 벗고 있자니, 남편이 가까이 와서 치근덕거린다.

"당신, 오늘 무척이나 매력적이구려."

그러면서 가슴을 더듬자, 아내가 발끈해서 손을 뿌리치고 말했다.

"무슨 짓이에요?! 친정 오라버니가 돌아가신 상중인데"

그러나 남편은 득의 양양해서,

"당신이 그럴 줄 알고, 미리 상중용으로 주문한 검정 콘돔을 준비해 두었지."

빼주세요

청춘남녀가 교외의 한적한 곳 언덕에서 차를 주차시키고 사랑을 하고 있었다. 그런데 이 둘의 사랑놀이가 어찌나 격렬했던지 브레이크를 건드리는 바람에 차가 굴러서 언덕 아래로 추락하고 말았다. 여자는 다행스럽게도 차가 구르면서 차 문 밖으로 튕겨 나왔으나 남자는 불행하게도 차 속에 꽉 끼인 채 떨어져 차는 전복되고 말았다. 여자가 발가벗은 채로 내려갔더니 찌그러진 차 속에서 남자의 목소리가 들렸다.

　남자 : 자기야~, 나 좀 구해 줘. 빨리 사람들 좀 불러와.

　여자 : 아이참. 큰일이네. 이렇게 발가벗고 어떻게 마을에 가지? 옷 좀 던져 줘.

　남자 : 뒤로 손이 닿지 않아. 잠시만.

　하더니 자기 구두 한 짝을 던져주었다. 여자는 할 수 없이 남자의 구두 한 짝을 다리 사이의 아주 중요한 부분만 가리고 절뚝거리면서 마을로 내려갔다. 내려가는데 저쪽에서 마을 영감님 한 분이 지게를 지고 오는 거였다.

　여자 : 아저씨. 도와주세요. 남자친구가 끼어서 빠지지 않아요. 꽉 끼여 있어요. 어떻게 좀 빼주세요.

　그러자 영감님은 여자의 아래를 한참 보더니, 이렇게 말했다.

　"이런 세상에. 다 들어갔구먼~"

영리한 아들

한밤중에 부부가 열심히 사랑을 나누고 있는데 갑자기 어린 아들이 문을 열고 들어왔다.

아빠, 엄마 : 헉!

아들 : 아 — 앙 미워, 미워!! 나도 프로레슬링 할래.

엄마 : 으……응~ 너무 늦었으니까 내일 하자.

아빠 : 휴우~ 아직 어려서 눈치채지 못했을 거야.

아들 자기 방에 돌아와서,

아들1 : 아휴, 정말 곤란했다니까, 형.

아들2 : 자식~ 얼버무리느라 힘들었겠다!

CF 비화

여자가 스치듯 지나가며,

"낯선 여자에게서 내 남자의 향기를 느꼈다."

이 말을 다섯 자로 줄이면?

"혹시 이년이?"

요술램프

한 젊은 부부가 골프를 치는데 부인이 때린 공이 비싸 보이는 저택의 유리창을 깨고 들어갔다.

부부가 공을 찾으러 집 안으로 들어갔을 때 탁자 위에는 매우 비싸 보이는 램프가 공에 맞은 듯 깨져 있었다. 소파에 앉아 있던 집

주인 같은 사람이 그들에게 공을 보여주며 물었다.

주인 : 당신들 공인가요?

남편 : 아이구~ 죄송합니다. 깨진 것들은 얼마든지 물어드리겠습니다.

하지만 그는 오히려 웃으며 이렇게 말했다.

주인 : 사실 저는 저 램프 속에 갇혀 1000년 동안 주인님만 기다리던 '지니'입니다. 두 분께서는 저를 자유롭게 해주셨기 때문에 세 가지 소원을 들어드리겠습니다. (단, 마지막 소원은 제게 주신다는 조건하에.)

부부는 무척이나 좋아했고 남편은 수억의 돈을, 부인은 거대한 저택을 원했다. 지니가 손가락을 튕겼다.

지니 : 소원은 이루어졌습니다. 댁으로 돌아가 보시면 놀라실 것입니다.

부부는 무척 흥분되어 있었다.

남편 : 그런데……. 당신의 소원은 뭐죠?

지니 : (갑자기 수줍어하며) 사실…… 저는 저 병 속에서 1000년 동안 갇혀 사는 바람에 여자 근처에도 못 가봤습니다. 저의 소원은 당신의 아름다운 부인과 잠자리를 함께하는 것입니다.

남편 : 여보, 우리를 벼락부자로 만들어주신 은인이오. 당신만 괜찮다면 그 정도쯤 소원 들어주었으면 좋겠는데, 당신 생각은 어때?

부인 : 좋아요, 저도 허락하겠어요.

지니와 부인은 위층에서 한바탕 진한 사랑을 나눴다. 사랑을 끝낸 후 지니가 담배 하나를 입에 물면서 부인에게 물었다.

지니 : 당신 남편은 지금 몇 살이죠?

부인 : 서른다섯 살이에요.

그러자 지니가 담배 연기를 뿜으며 하는 말.

"그런데 아직도 '요술램프와 지니'를 믿나 보지?"

콘돔

시골에서 올라온 가정부가 주인 부부의 침실을 청소하다가 콘돔을 발견하고는 호기심 가득한 눈초리로 이리저리 살펴보기 시작했다. 이를 본 주인 여자가 말했다.

"애는…… 쑥스럽게……. 그게 뭔지 몰라서 보는 거니? 너희 부부는 섹스도 안 하니?"

그러자 가정부가 대답했다.

"어데여, 하지예. 그란데, 이렇게 껍데기가 까지도록은 안해예!"

CF대로 해보세요

잘 벗겨지지 않아요. - 제비표 페인트

저는 촉촉해요. - 칙촉 크래커

알아서 빨아줘요. - 대우 봉 세탁기

우리는 그이가 다 빨아줘요. - 삼성세탁기

잘 빨아주니 새댁은 좋겠네. - 럭키 슈퍼타이

빨아주고! 비벼주고! 말려주고! - 금성 세탁기

섹스와 농구의 차이점

농구는 장소에 구애받지 않는다.

그러나 섹스는 장소에 구애를 받는다.

농구는 시간 제한이 있다.

그러나 섹스는 힘들긴 하지만 시간에 제한이 없다.

농구는 쉴 새 없이 골을 넣을 수가 있다.

그러나 섹스는 쉴 새 없이 골을 넣기가 힘들다.

농구는 내가 골을 못 넣으면 동료가 대신 넣어준다.

그러나 섹스는 동료가 대신 넣어주면 세상의 지탄을 받는다.

농구는 골대가 크고, 공이 작을수록 좋다.

그러나 섹스는 공이 크고, 골대가 작을수록 좋다.

농구는 하면 할수록 운동이 되어 건강에 좋다.

그러나 섹스는 하면 할수록 노동이 되어 건강에 해롭다.

농구는 남들과 할 때도 "한 게임 하실래요?" 하면 된다.

그러나 섹스는 남들에게 이런 말을 했다가는 뺨 맞기 십상이다.

농구는 제 3자가 많이 볼수록 힘이 나서 더욱 열심히 하게 된다.

그러나 섹스는 남들이 보고 있으면 위축되어 될 것도 안 된다.

농구는 하기 전에 광고를 해도 된다.

그러나 섹스는 하기 전에 광고를 했다가는 미친X 취급을 당한다.

농구는 국내는 물론이고 전세계적으로 협회가 구성되어 있다.

그러나 섹스는 아직까지 그 어떤 협회도 없다.

섹스와 팝콘의 공통점

먹어도 배가 안 부르다.

먹고 또 달라면 또 준다.

심심풀이 삼아 먹어도 된다.

먹을 때 소리가 난다.

집에서 먹어도 되고, 돈을 내고 사 먹어도 된다.

특별한 상황에서 먹고 싶으면 극장에서 먹는다.

TV 매니아

빵소니차에 치여서 어떤 남자가 응급실에 들어왔다.

상태는 매우 안 좋아서 인공호흡기를 씌어야만 하는 상태까지 갔다.

그런데 기절해 있던 환자가 깨어나더니 갑자기 뭐라고 말을 하는 것이었다.

인공호흡기를 끼고 있으니 말이 들릴 리 없고, 문득 빵소니 차에 대한 중요한 정보일지 모른다는 생각이 든 환자의 가족들은 환자에게 펜과 종이를 쥐어주며 쓰라고 했다.

환자가 써낸 종이에는 이런 것이 적혀 있었다.

"허 준 녹 화 해!"

오! 하나님

어느 수녀들만 모여 있는 사찰에서 수녀원장이 100명의 수녀들을 집합시켜 놓고 말했다.

수녀원장 : 오늘, 우리 수녀원에 불미스러운 일이 발생했습니다.

수녀 99명 : 오, 하나님!

수녀 한 명 : …….

수녀원장 : 아침에 복도에서 남자의 속옷이 발견되었습니다.

수녀 99명 : 오, 하나님!

수녀 한 명 : (히히히)

수녀원장 : 그리고 우리 중의 누군가에게 사용했음직한 콘돔도 발견되었습니다.

수녀 99명 : 오, 하나님!

수녀 한 명 : (히히히)

수녀원장 : 그런데 얼마나 격렬히 했던지 콘돔이 빵구가 나 있었습니다.

수녀 99명 : (히히히)

수녀 한 명 : 오, 하나님!

남녀 차이

남자는 큰 것을 긍지로 삼고
여자는 작은 것을 긍지로 삼는다.

남자는 오래가는 것을 긍지로 삼고
여자는 빨리 오는 것을 원한다.

남자는 오래가려고 음악을 듣고
여자는 무드를 위해서 음악을 듣는다.

남자는 한번에 죽여 주려고 하지만
여자는 여러 번 죽여주기를 원한다.

남자는 빡빡해지려고 단련하고
여자는 촉촉해지려고 단련한다.

남자의 그것에 관한 9가지 특징

1. 햇볕도 안본 것이 까맣다.
2. 고무줄도 아닌 것이 잘 늘어난다.
3. 두더지도 아닌 것이 구멍도 잘 판다.
4. 군인도 아닌 것이 철모 쓴다.
5. 젖소도 아닌 것이 우유를 짠다.
6. 번데기도 아닌 것이 주름잡고

7. 대나무도 아닌 것이 마디가 있고

8. 지휘자도 아닌 것이 흔들어대고

9. 좋아서 만지면 성낸다.

어떤 자판기

제주도에 가면 명물 브라보 콘 자판기가 있다. 이게 왜 명물이냐면 우리 나라 최고의 신혼여행지에 걸맞게 생긴 게 아주 요상하기 때문이다. 이 자판기는 남자가 홀라당 벗고 양손에 브라보 콘을 들고 있는 모습이다. 브라보 콘을 뽑아 먹으려면 남자의 입에 500원을 넣고, 가운데를 힘차게 쭈욱~ 잡아당겨야 한다.

그러면 '덜컹' 하며 손에 들고 있는 브라보 콘을 앞으로 내미는데 이것을 받아먹으면 된다. 이 자판기는 특히 신부들에게 아주 인기가 좋다고 한다.

어느 날 밤 새벽 3시.

한 신혼부부가 호텔에서 할 일을 한 다음에 열기를 식히기 위해

쉬고 있었다.

신부 : 자기야~~잉, 나 갑자기 브라보 콘이 먹고싶다~ 잉.

신랑 : 아이……귀찮아…….

신부 : 흥! 결혼하기 전에는 밤하늘의 별도 따 준다더니 그것도 하나 못 해줘?

신랑 : 에이~ 알았어. 내가 금방 나가서 사올게.

신랑은 옷도 안 걸치고 잽싸게 튀어서 밖으로 나갔다.

브라보콘 자판기에서 그 신랑은 입에 돈 넣고 가운데 잡아당기고, 또 돈 넣고 잡아당겨서 2개의 브라보 콘을 들고 다시 잽싸게 호텔로 들어갔다.

방으로 가기 위해 엘리베이터를 타고나서 신랑은 안도의 한숨을 쉬고 있었다.

그런데 갑자기 엘리베이터가 중간에 멈추더니 그 시간에 처녀 3명이 재잘거리며 타는 것이었다.

순간 그 신랑은 이 위기를 모면하려고 두 손에 브라보 콘을 들고 똑바로 서서 브라보 콘 자판기인 척을 했다.

처녀1 : 아니? 여기에도 브라보 콘 자판기가 있네?

처녀2 : 우리 심심한데 브라보 콘이나 먹자.

처녀3 : 좋아~~~좋아~~~

처녀1이 먼저 그 신랑의 입에 500원을 넣고 가운데를 힘껏 잡아당겼다.

신랑이 한 쪽 팔을 내밀자 처녀1은 브라보 콘을 받았다.

그러자 또 처녀2가 신랑의 입에 500원 넣고 또 잡아당겼다.

신랑이 반대쪽 팔을 내밀자 처녀2도 브라보 콘을 받았다.

드디어 처녀3의 차례.

처녀3이 돈을 넣고 힘차게 땅겼으나, 신랑은 더 이상 내놓을 브라보 콘이 없었다.

처녀3 : 어? 이거 고장 났나. 다시 당겨볼까?

그러고는 한 번, 두 번……. 나중에는 열나게 계속 당겼다.

한참 당기다가 그 처녀가 하는 말.

처녀3 : 어머!! 이거 고장났나 봐! 브라보 콘이 다 녹아서 나오네!

"해" 시리즈

여자 남자 여자

20대 : 또 해? (달려들며) 사랑해! 행복해!

30대 : 안 해?(TV 켜며) 야구해! 환장해!

40대 : 뭐 해?(올라타며) 한 번 해! 하던 일 해!

"대" 시리즈

여자, 남자 여자

20대 : 어디 대? 암데나 대! 죽이는데…….

30대 : 어디 대? 그냥 거기 대! 거긴 별룬대…….

40대 : 어디 대? 그냥 자면 안대? 존나 열 받는대…….

"써" 시리즈

남자 여자 남자.

20대 : 어땠써? 끝내줬써! 나 이뻤써?

30대 : 어땠써? 괜찮았써! 신경 좀 썼써!

40대 : 어땠써? 아직 멀었써……. (물건 보고) 이걸 어따 써.

우린 프로야

대재벌 총수가 젊은 여비서들과 함께 타이거 우즈를 초청하여 골프레슨을 받고 있었다.

그러나 재벌 총수의 스윙에 너무 힘이 들어간 것을 발견한 우즈는,

우즈 : 예 두 분께서는 성인용 특별 비법으로 말씀드리죠. 클럽을 쥘 때는 너무 살살 쥐어도 너무 꽉 쥐어도 안 된다는 얘깁니다.

아내의 가슴을 쥐듯이 부드럽게 클럽을 잡아 보세요.

타이거 우즈의 레슨을 받은 재벌총수는 그 자리에서 드라이버샷을 무려 300야드나 날리는 것이었다.

다음은 재벌 총수의 젊은 예쁜 여비서들의 차례.

역시 그녀의 문제점을 대번에 알아챈 타이거 우즈는 남자의 '거시기'를 쥐듯이 클럽을 잡아보라고 충고했다.

잠시 후 재벌의 여비서가 휘두른 샷은 1미터를 겨우 넘기는 뻑사리 샷이었다.

그러자 이 꼴을 본 타이거 우즈는 어이가 없어도 한참 없다는 표정으로 말했다.

"이 세상에서 골프채를 입으로 물고 치는 사람이 어디 있어요!"

때와 장소를 사람에 따라

*여관 앞

처음인 남자 - 흠……. 이 여자랑 결혼해야겠군!

바람둥이 - 오늘도 한 명 추가군~

처음인 여자 - 무서워~ 자기, 나 책임져야 돼.

바람둥이 여자 - 우씨! 이왕이면 호텔로 가지~ 또 여관이야?!

*샤워중

처음인 남자 - 이 구석 저 구석 깨끗이~ 빡빡~ 냄새나면 어쩌지? 샤워하고 나갈 때 옷을 다시 입고 나간다.

바람둥이 - 자기야 나랑 같이할래?

처음인 여자 - 샤워하는데 한 시간이나 걸린다. 그리고 다시 옷을 입고 나온다.

바람둥이 여자 – 샤워 중에 문까지 반쯤 열어놓는다! "쏴~"

*스킨십
처음인 남자 – 오직 키스뿐이다. 가끔 손으로 할 때도 매우 우악
스럽다!
바람둥이 – 손 이외에도 갖은 도구를 이용해서 그녀를 흥분시킨
다.
처음인 여자 – 손끝만 닿아도 미친다. 그리고 두려움 반, 호기심
반으로 약간씩 반항을 한다.
바람둥이 여자 – 자기야. 거기 말고……. 어~ 그래! 거기야~
좋아~ 좋아~

*본격적으로 할 때
처음인 남자 – 5분을 못 넘긴다!
바람둥이 – 적당히 하고 그녀를 반쯤 녹인 다음 5분 쉬고, 두 번
째부터는 온갖 기술로 묘기까지 선보이며 그녀를 매혹시킨다. [풍
차 돌리기, 180도 회전 꺾어 뒤치기, 방아 찍어 돌리기 등등]
처음인 여자 – 아!
바람둥이 여자 – 자기가 좋아하는 체위까지 상세히 설명해 준
다.

*한 다음
처음인 남자 – 자기, 걱정마. 내가 책임질게. 나 믿지?
바람둥이 – 옷 입고 먼저 나가면서 "나중에 연락할게~" [절대

연락 안 한다.]

처음인 여자 – 운다~ [자기 나 책임져~]

바람둥이 여자 – 담배 한 대 피운다! "후~"[울고 있는 남자 등
까지 두드려 주면서]

엽기적 신혼여행

괌으로 3박 4일 예정으로 신혼여행을 갔던 부부가 이틀째 되던
날 외출한 시간에 도둑이 들어서 가방부터 여권까지 도둑을 맞았
다. 그런데 도둑놈들이 양심은 있는 놈들이었던지, 이빨 닦을 칫솔
2개와 신혼여행의 추억이 담긴 카메라는 남겨놓고 갔다. 다행히 얼
마간의 돈은 상당수를 몸에 지니고 외출했던 차라 나머지 일정을
보내는데는 별문제가 없었다. 그렇게 시간을 보내고 한국으로 돌
아온 신혼부부는 사진관에 필름을 맡기고 와서 경악을 했다.

뽑은 사진에는 흑인 도둑놈 2명의 모습이 한 장씩 독사진으로 찍
혀있고, 엉덩이에 칫솔을 하나씩 박고 씨익~ 웃으며 손가락으로
V자를 그리고 있는 포즈였다.

섹스와 락 그룹의 공통점

1. 클라이막스 땐 알 수 없는 괴성이 나온다.

2. 똑같은 형태로 자주 하면 금새 싫증이 난다.

3. 흥분하면 가끔 머리를 흔든다.

4. 잘못하면 무릎이 까진다.

5. 새로운걸 잘못 시도하면 욕먹을 수도 있다.

6. 음침한 곳에서 많이 이루어진다.

7. 끝나면 땀이 많이 난다.

8. 온몸을 흔들어야 상대방이 좋아한다.

남자도 앉아서 할 수 있다

여자 : 자기야~

남자 : 왜?

여자 : 저……저기……. 물어볼게 있는데.

남자 : 뭔데?

여자 : (부끄럼) 저……저기……있잖아.

남자 : 뭔데 그래? 물어봐 자기야.

여자 : 정말 물어봐도 돼?

남자 : 그럼 뭐든 물어봐. 우리 자기가 물어보면 끝까지 대답해줄게.

여자 : 음…… 그럼 물어 볼게.

남자 : 그래. 얼른 물어봐.

뜸을 들이던 여자 드디어 정말 궁금하다는 표정으로 물어본다.

여자 : 정말 궁금해서 물어보는건데.

남자 : 응.

여자 : 혹시.

남자 : ???

여자 : 남자도 앉아서 오줌 눌 수 있어?

말도 안 되는 질문에 남자는 정말 황당한 표정으로 대답했다.

남자 : 야! 그럼 남자들은 똥 누다가 일어나서 오줌 누고 다시 앉냐?

좆도야사

조선조 야사에만 기록되어 있는 왕이 있었으니 이름하여 색종이라. 일부 사람들은 그래서 조선조 왕 이름의 순서가 '태 정 태 색 문 단 세' 라고 주장하고 있다.

색종의 중전은 명기왕후요, 후궁의 이름은 전희빈이라 동궁의 이름은 십창대궁으로 전해졌다. 색종샐록 18책에 보면, 환상의 섬 '좆도' 에 대한 이야기가 실려 있었다. 좆도의 지정 위치는 울릉도와 독도 사이로 추정되며, 행정구역상으로는 경상북도 성기군인지, 발기군인지 확실하지 않다.

다만 색종실록에 따르면 울릉도에 살던 남정네들이 배를 타고 좆도 쪽으로 사라지는 일이 잦아지자 울릉도 경제가 큰 타격을 입고, 이에 울릉도 여성단체 '질경련' 에서 조정에 상소문을 보내기에 이 상소문을 접한 색종은 영의정 간통대부의 건의에 따라 현지에 조사단을 파견하기에 이른다.

색종은 강간정사와 윤간부사를 조사단의 책임자로 하고 강간청에 성고문과 함께 현지에 다다르자 '여기서부터는 좆도임' 이라고 표기되어 있었다고 한다.

그러나 이 팻말에 뒷부분에는 '여기서부터는 좆도 아님' 이라고 써 있었다.

팻말 부근에서 기다리는 좆도국 외무부 의전장이 섬치안 조직인 자위대의 우두머리 '포경대장'을 이끌고 색종의 사신을 영접하였을 것이다. 이들의 좆도의 배로 갈아탔는데 의전장에 따르면 고대 로마 시대의 유명한 조선가인 '오나니무스'의 기술을 전수받아 만든 '마스터베이[선]'이라는 설명이었다.

이들이 섬에 다다르자 인파가 이들의 국기인 성기를 들고 국가인 강창을 부르며 환영하였다. 길가에는 국화인 좆나리가 만발해 있었고 조사단은 영빈관인 옥문관으로 안내되자 좆도국의 왕인 '뼈킹'이 왕후 조세피나와 후궁 에마뉴엘 바긴의 세자인 '써킹'과 함께 마중을 나왔다.

이들이 말한 자신들의 역사는 다음과 같다.

고려의 마지막 왕(?)인 공민왕과 당대의 출신 '정몽정'의 딸 사이에 남근태자가 탄생하였는데 그는 고려가 멸망하자 추종 세력을 이끌고 좆도로 와서 토호 세력과 연합해 좆도국을 세우고 초대 '공알왕'에 즉위한다.

공알왕은 신라의 골품제도를 따라 신분제도를 만들었는데, 왕족은 색골, 좆도의 호족 세력은 성골, 그리고 그 밑에 중간 지배층은 귀두골이라 했다.

색종의 사신 방문 당시 좆도는 4대왕 '뼈킹'의 시대였는데, 그는 공알왕의 4대손으로 10년 동안 과감한 개혁으로 국제화 세계화를 단행, 자신도 '추잡왕'에서 뼈킹으로 개명하였고 이러한 개혁은 '씹년유신(십년유신)'으로 명명되었다.

손선의 사신들은 영빈관은 옥문관에서 하룻밤을 보낸 후 다음날 아침 울릉도 남자들의 실종 사건을 협의하기 위해 좆도의 조정인 자궁으로 향했다.

좆도의 본성이 자궁은, 본궁인 사정전과 별궁인 체외사정전으로 이루어져 있었다.

사신들 얘기로 돌아오기 전에 좆도에 대해서 좀더 설명을 해보자. 자궁에 이르는 큰길 이름은 '하는 대로'였고 호수 위에는 다리가 두 개 있었는데, '성교'와 '난교'라 불리웠다.

이 길 끝에 있는 숲은 좆꼴림이었고, 이 숲에는 좆까지마라는 야생마와, 강간범이라는 호랑이도 살고 있었다. 숲에서 나오면 고환이라는 화폐를 발명한 초대 공알왕의 능인 발기불능과, 요절한 왕자들의 무덤인 '왕자지 묘'가 있었다. 대로변에는 로마의 콜로세움을 본뜬 발딱 세움이 있었고……. 이 경기장 주위를 도는 하천 이름은 꽉끼내렸다. 이 냇가에는 큰 바위가 두 개 있었는데, 일명 자궁암과 유방암이었다. 그 냇가에는 가랭이라는 나물이 무수히 자라고 있었다고 한다.

좆도에는 복상사와 혼외정사라는 두 개의 큰 사찰이 있었는데, 복상사의 주지는 '두루할타'였고 혼외정사는 '마구할타'라는 스님이 주지였다. 신진대사는 이들이 존경하는 원로 스님이었다. 유명한 비구니도 있었는데 그건 사타구니였다.

신흥 종교로는 '조루 아스토교'로 교주 교미하라가 이끌고 있는데 가장 큰 특징은 예배 시간이 1분 예배란 것이다.

좆도의 명문대학은 꼴리지였고 여자대학은 생리대가 제1의 명문이었다. 좆도의 학문적 명성은 유명한 철학자인 클리토리스로 대변되어진다. 그는 오르가즘이란 철학을 중시 성감대 체위학과 출신으로 유명한 가수가 된 이 사람이 '존 네론'이란 사람인데, 공

63

연 중 바지를 벗는 것으로 유명하였다. 또 이 학교 출신으로 유명한 권투선수가 있었으니 그가 바로 조지 포먼이었다. 일설에 의하면 그는 실제 네 개의 남근을 가지고 있어가지고 동시에 네 명의 여자와 상대를 했다고 하는데, 그걸 뒷받침할 자료를 현재 찾을 수가 없는 것으로 알고 있다.

농부들은 좆빠지게라는 지게로 수확물을 날라 또 겨울에는 이 볏짚으로 새끼를 꽈서 부소득을 올렸다. 광물로는 비철금속인 히쭈구리와 철광석의 한 종류인 '변강쇠'가 생산되었다.

제3빙하기 이후, 발정기 지층에서는 유전도 발견돼, '빼유'가 생산, 정제되어 휘발유로 팔렸다.

좆도에서 제일 잘 팔리는 치약은 펠라치오였다.

좆도의 여인들은 미용을 위해 꿀을 많이 복용했는데, 처녀용으로 '처음 허니'가 있었다. 유부녀들은 '맨날 허니'를 먹었다.

좆도 사람들은 빵을 많이 먹었는데 제일 유명한 제과점이 '빨리 빨아 점'이고 '돌림빵'이 최고 인기 품목이었다.

이리하야 조선으로 떠나기에 앞서 사신들은 유명한 해변인 '선 오브 비치'에서 휴식을 취했다. 이 해변가에는 유람선인 떼썹이 좆도 일주를 위해 떠나는 곳이었다.

이 해안의 앞바다 이름은 '고만해' 그러나 사신들의 귀국 보고서는 배가 중간에 난파하는 바람에 전하여지지 않고 있으며 구사일생으로 살아남은 한 사람의 구전으로 전해지고 있음이통탄스러울 뿐이다.

키스하는 법(이론과 실제)

1. 1000원으로 키스하기

－ 이론 －

남자 : 너 나하구 내기하자.

여자 : 무슨 내기?

남자 : 너 알어? 신체적 접촉을 안 하구 뽀뽀하는 방법.

여자 : 그런 게 어딨어.

남자 : 나는 전혀 움직이지 않고 뽀뽀하는 방법 안다.

여자 : 헛소리하지 마.

남자 : 그럼 내가 만약에 하면 어쩔래.

여자 : 그건 안 될 것 같은데…….

남자 : 그럼 나하구 내기하자. 만약에 내가 움직이지 않고 뽀뽀하
면 네가 나한테 1000원 줘. 만약 못하면 내가 너한테 1000
원 줄게.

여자 : (호기심에) 그래.

　　　그러면 바로 1000원을 주고 키스한다.

– 실제 –

남자 : 그럼 나하구 내기하자. 만약에 내가 신체적 접촉 안하구
　　　뽀뽀하면 네가 나한테 1000원 줘. 만약 못하면 내가 너한
　　　테 1000원 줄게.

여자 : (호기심에) 그래…….

호주머니에서 1000원을 꺼내 여자 손에 쥐어주고 키스하려는데
"너 이X끼 왜 움직여? 너 왜 더티 플레이해?"

2. 사랑해 3행시로 키스하기

　– 이론 –

먼저 사랑해로 삼행시를 지어 준다고 한다. 그런 담에 운을 띄우
라고 한다.

　사 : 사실 나 너…….

　랑 : 랑 키스하고 싶어…….

애인이 '해' 라고 하겠죠? 그럼 하는 겁니다.

　– 실제 –

애인이 '해' 라고 하겠죠?

'해라고 했으니까 해도 되겠지' 생각하고 마악 키스하려고 하는
데 "너 이 새끼 '해' 로 마지막 문장 지어야 할 거 아냐? 해! 해! 해!
안 해? 해 뜨는 날 김서리게 으더터지구 싶냐?"

3. 이마 맞아주다가 키스하기

　– 이론 –

애인이랑 이마 맞기 게임을 하자구 한다.

66

그래서 한 5번 정도 일부러 계속 져주면서 이마를 맞아준다.

그럼 애인은 좋아서 때리면서, 한편으로 '걸리면 큰일이겠다' 하고 걱정을 할 것이다. 계속 맞아주다가 남자 쪽에서 첨으로 때릴 때가 되면 쫌 오버하면서 겁을 준다. 그럼 애인이 눈을 질끈 감고 벌벌 떨 것이다. 그때 기습적으로 키스한다.

− 실제 −

계속 맞아주다가 남자 쪽에서 첨으로 때릴 때가 되면 쫌 오버하면서 겁을 준다. 그럼 애인이 눈을 질끈 감고 벌벌 떨겠거니 생각하고 키스를 하려는데 애인이 눈을 잔뜩 치켜 뜬 채로 이마를 들이밀고 야리면서,

"이X끼야 때려봐∼! 때려봐∼!"

여기서 키스했다간 마빡 터져서 병원 실려간다.

네가 더 웃겨

금봉이는 청량리 한구석에 자리한 여인숙을 찾았다. 그곳에서는 1만원이면 여자와 밤을 지낼 수 있었고, 5천원이면 재미난 구경을 할 수 있으며, 1천원에는 동물과 관계를 갖게 해주는 것이었다. 수중에 1천원 밖에 없던 금봉이는 단숨에 닭을 골라 관계를 가졌다. 그런데 운이 좋았는지 다음날 5천원이 생긴 금봉이.

다시 그 집을 찾아 구경하는 방에 갔다.

그 방에는 같은 목적으로 모인 남자들이 가득했고, 금봉이는 그들과 더불어 한 쪽에 앉았다. 드디어 돈 없는 한 사내가 개와 하는 장면이 나왔다. 그 광경이 너무 웃겨 금봉이는 미친 듯이 웃었다.

그런데 주변 사람들은 아무도 웃지를 않는 것이었다. 궁금해진 금봉이가 옆 사람에게 물었다.

"이봐요, 당신은 저게 웃기지 않단 말인가요?"

그러자 그 남자가 대답했다.

"아니오. 어제 닭이랑 하던 놈이 제일 웃겼어요."

외계인의 성생활

머나먼 우주에 지구인과 똑같은 외계인이 살고 있었다.

그 외계인들은 문명이 발달하자 지구를 침략하려고 하였다.

그래서 침공하기 전에 외계인은 지구인의 생활에 대한 정보를 얻고자 스파이를 보냈다.

침투한 스파이는 너무나 지구인의 성생활이 궁금했다.

그래서 한 과부집에 침투. 과부에게 지구인의 성생활을 물어봤다. 과부는 너무나 오래되었기 때문에 이게 웬 떡이냐 싶어 열심히 가르쳐 주기로 했다. 옷을 벗고 외계인을 리드하며 그 일을 마친 후 과부는 흥분과 땀에 젖어 있었다. 과부는 헐떡거리며 이젠 외계인의 성생활에 대해서 물어 보았다. 외계인은 손가락 하나를 과부의 이마로 가져가더니 손가락으로 툭 건드렸다. 과부는 순간적이었지만 이제껏 느껴보지 못한 야릇한 감정을 느꼈다. 그래서 과부는 한 번만 더 해달라고 부탁했다. 외계인은 구부러진 손가락을 보여주면서 왈,

"5분만 기다려."

털 세는 여자

성 관계가 문란한 여자가 있었다. 여자의 남편은 그 여자의 털의 수를 센 후 말했다.

"야! 너 내가 세 봐서 하나라도 없어지면 죽을 줄 알어!"

그럼에도 불구하고 이 여자는 여기저기 문란하게 관계를 하고 다녔다. 관계를 한참 가진 후에, 여자는 불안한 마음이 들어 골목길에 들어가서 털을 세어 보았다.

분명히 남편이 셀 때는 220개였는데 221개가 있는 것이었다.

그래서 "한 번 더 해도 되겠네?"라고 생각하고는 그 짓을 한 번 더 했다.

그리고는 편안한 마음으로 다시 골목길에 가서 털을 세어봤다. 정확히 220개였다.

여자는 확인을 위해 한번 더 세어 봤다. 순간 여자가 세고 있는 게 돈인 줄 오해한 깡패가 나타나 "확" 잡아채 갔다.

엽기적 가족

1. 절벽에서 엄마와 아들이 차를 밀고 있다.

"엄마 이 차는 왜 미는 거야?"

"쉿! 아빠 깨시겠다!"

2. "엄마 아빠가 너무 빨리 달려~~"

"잔소리 말고 조준이나 잘해서 한방에!"

3. "엄마 오늘 저녁 메뉴는 뭐야?"

"닥치고 오븐 안에서 나오지마!"

4. "엄마 늑대 인간이 뭐야?"

"시끄러운 소리 말고 얼굴이나 빗어."

5. "엄마 나 할머니 싫어."

"왜 편식을 하니? 할머니 오도독뼈가 얼마나 맛있는데? 먹기 싫음 저쪽 접시에 덜어 놔!"

6. "엄마 나 할머니랑 놀고 싶어."

"그만 좀 해. 이번 주만 벌써 3번이나 파냈잖아."

7. "엄마 조숙한 게 뭐야?"

"닥치고 담배나 꺼!!"

8. "엄마, 아빠 지금 자고 있어."

"알아, 지금 칼 갈고 있어."

9. "엄마 나 이뻐?"

"그럼, 코랑 귀만 있어도 더 이쁜 건데."

예전아이, 요즘아이

* 어린이날

예전아이 : 어린이 대공원에 자장면 한 그릇이면 최고였다.

요즘아이 : 어디 가는 것보다는 게임기나 현금을 요구한다.

*놀이

예전아이 : 비석 깨기, 고무줄놀이, 얼음 땡, 숨바꼭질

요즘아이 : 스타크래프트, 레인보우6, 디아블로2

*싸움

예전아이 : 먼저 울거나 코피 터진 놈이 패배로 인정된다.

요즘아이 : 부모의 재력으로 판가름난다.

*학교에서 체벌 당할 때

예전아이 : 울면서 용서해 달라고 빈다.

요즘 아이 : 경찰에 신고 준비한다.

* 엄마가 좋아? 아빠가 좋아?

예전아이 : 우물쭈물…… 고민된다.

요즘아이 : (손을 머리 위로 돌리며) 나두 잘 몰러~

여선생과 시계

한 젊고 예쁜 처녀 선생님이 초등학교 수업을 진행하고 있었다.

주의 깊게 관찰하는 것에 대한 중요성을 설명하며 아이들에게 물었다.

"저 벽시계에도 있고 선생님에게도 있는 것이 뭐가 있죠?"

한 아이가 대답했다.

"두 손이요!"

다른 아이도 대답했다.

"얼굴이요!"

"좋아요, 그럼 벽시계에는 있는데 선생님에게는 없는 것은 뭐죠?"

한참 침묵이 흐르다가 한 꼬마가 소리쳤다.

"불알이요!"

섹스와 PC 통신의 공통점

1. 한번 빠지면 나오기가 힘들다.

2. 1 : 1로 할 수 있는가 하면 여럿이도 가능하다.

3. 하는 것보다 남이 하는 것을 보는 것을 좋아하는 사람도 있다.

4. 첨 하는 사람은 헤매고 시간이 오래 걸린다.

5. 오래 한 자는 점점 지겨워진다.

6. 경험이 많은 자는 시간이 적게 걸리고 단 몇 초 만에도 해결이 가능하다.

당신도 날씬해질 수 있다

1. 허리띠 구멍 줄이기

일단 숨을 최대한 들이마시고 허리띠를 졸인 후 구멍을 하나 줄인다.

그 다음 천천히 숨을 뱉으면서 갑작스런 허리띠 조임에 자신의 배를 적응시킨다.

부작용은 배에 언제나 똥 찬 기분이 들며 재수 없으면 앉을 때 허리띠가 찢어지는 상황이 벌어질 수 있다.

2. 숨 들이마신 채 다니기

절대 돈이 안 드는 매우 자연적이 방법이다.

숨을 들이마시면서 배를 안으로 끌어당긴 채 다니는 것이다.

단기적인 효과가 가장 크며 외견상으로도 매우 보기 좋다.

수영장에 가서는 절대 사용하지 말기 바란다.

3. 복대 입기

중년 이상의 아저씨들이 많이 사용하는 방법으로 붕대가 아닌

복대를 배에 착용하는 방법이다. 거의 완벽에 가까운 방법으로 신체적인 노력이 전혀 필요하지 않은 방법이다.

단점으로는 목욕탕을 갈 경우 쪽팔림을 감수해야 하고 남들이 눈치채면 개쪽 당한다.

4. 팬티 스타킹 입기
따뜻해서 좋다.

하지만 남들이 눈치채면 변태로 몰리기 십상이고 자주 올이 나갈 경우 직접 가게에 가서 살 수 있는 용기가 있어야 한다.

5. 손으로 가리기
탤런트 김혜수가 많이 쓰는 방법으로 의자에 앉았을 때 자연스럽게 손으로 가리는 방법이다. 남들이 눈치 못 채게 그리고 자연스럽게 하려면 엄청난 훈련이 요구된다. 익숙하면 저렴한 비용으로 최고의 효과를 얻을 수 있는 방법이다. 견본필름으로 '김혜수의 플러스유'를 추천한다.

신세대, 낀세대, 쉰세대
– 노래방 –
신세대 : 멘~~~~ 뒷방부터 찾는다.
낀세대 : 추가곡 정도는 디벼본다.
쉰세대 : 나도 신세대라며 최신곡이라며 부른다. '나미의 빙글빙글!'

– 노래방 노래에서 랩(rap)이 나오면 –

신세대 : 거침없이 신나게 침튀기며 부른다.

낀세대 : 따라하려고 노력하는 모습이 더 처량하다.

쉰세대 : 화낸다.

– 헤어 스타일 –

신세대 : 극과 극. 길던가~ 짧던가.

낀세대 : 따라하려고 노력하는 모습이 더 처량하다.

쉰세대 : 기르고 싶어도 머리가 없다.

– 오락실 –

신세대 : DDR, PUMP 아님 비트 매니아.

낀세대 : 오로지. 철권 – 3.

쉰세대 : 아들 놈 없나 찾아본다.

– 자주 가는 곳 –

신세대 : 게임방

낀세대 : 당구장

쉰세대 : 단란한 주점.

– 가장 무서워하는 말 –

신세대 : 왕따~ 은따~ 나따.

낀세대 : 취직대란.

쉰세대 : 정리해고, 마누라.

- 좋아하는 TV프로 -

신세대 : 포켓몬스터.

낀세대 : 김혜수 플러스 유

쉰세대 : 9시 뉴스

- 문자 메시지가 오면 -

신세대 : 다시 문자 메시지로 보내 준다. (특수문자로 그림까지 넣어서 예쁘게_

낀세대 : 상대방에게 전화한다. "여보세용~"

쉰세대 : "이거 왜 삑삑거리지?"

어떤 소망

사이비 의원 : 선거철에 순진한 지역주민을 현란한 말발로 현혹시켜 당선되게 해주시길.

철새 의원 : 새천년에도 내가 필요한 당은 어디라도 갈 수 있게 해주시길

말로만 기자 : 다음 세기에도 특종을 원하나이다.

특종 건수로 챙길 수 있는 떡고물을 원하나이다.

취재 중에 팔아먹을 수 있는 문건이 생기길 원하나이다.

돌팔이 의사 : 다음 세기에도 끊임없는 많은 병들이 생기게 해주시고 환자들이 간단한 처치로 호전은 되더라도 완치는 안 되서 치료비 펑펑 쓰게 해주시길.

가짜 한의사 : 비아그라보다 보약 한 첩이 정력제의 왕으로 인식

되게 하시며, 값싼 중국 약초는 국산으로 팔 수 있게 해주시길.

돈만 밝히는 대기업 간부 : 혹시 구조조정이 있더라도 퇴직금이 넘치게 하옵시고, 대금을 어음으로 끊고 만기일까지 그 현금으로 이자받게 하소서.

제대로 눌러

금봉이가 친구 집에서 밤늦게까지 놀다가 새벽 2시가 되어서야 친구 집을 나서게 되었다.

차를 가져와 집까지 어렵잖게 갈 줄 알았는데, 주차해 둔 차 뒤로 또 다른 자동차가 주차되어 있어 차를 움직일 수 없는 상황이 되어 있었다. 다행히 운전대 앞에 커다란 글씨로 전화번호가 적혀 있는 것이 눈에 띄었다. 몹시 늦은 시간이긴 했지만 그래도 집에는 가야 하는지라 실례를 무릅쓰고 핸드폰으로 전화를 걸었다. 잠에서 막 깬 듯한 목소리의 상대방은 다행히 아무런 짜증도 아무런 화도 내지 않고 순순히 응해주어 그나마 안도의 한숨을 쉬고 있었다.

하지만 5분이 지나도 아무도 나타나지 않았다.

미안한 마음이 조금 짜증으로 바뀌면서 다시 전화를 하려고 신경질적으로 핸드폰 다이얼을 누르는데 옆에서 내가 갈 때까지 지켜보고 있던 친구가 묘한 웃음을 띄우며 말을 건넸다.

"근데 너 지역번호는 눌렀니?"

옛날 그룹, 요즘 그룹

− 등장 −

옛날그룹 : 각자 연주를 담당한 악기를 들고 등장한다.

요즘그룹 : 입만 달고 나온다. 가끔은 마이크처럼 생긴 장식물을
　　　　　들거나 또는 뒤집어쓰고 나올 때도 있다.

− 소개 −

옛날그룹 : "기타를 맡고 있는 아무갭니다."

　　　　　"건반을 담당하는 아무갭니다."

　　　　　"노래를 맡고 있는 아무갭니다."

요즘그룹 : "노래와 랩을 맡고 있는 아무갭니다."

　　　　　"노래와 랩을 맡고 있는 아무갭니다."

　　　　　"노래와 랩을 맡고 있는 아무갭니다."

　　　　　"노래와 랩을 맡고 있는 아무갭니다."

− 연습 −

옛날그룹 : 다른 일보다 노래 연습을 더 많이 한다.

요즘그룹 : 노래 연습보다 춤 연습을 더 많이 한다.

– 팬들에게 주로 하는 말 –

옛날그룹 : 더 좋은 음악으로 찾아 뵙겠습니다.

요즘그룹 : 여러분, 사랑해요! (도대체 뭘 사랑한다는 건지 알 수
　　　　　 가 없다.)

오직 텔레토비

너 넷이 모여 고스톱 칠 때

나 넷이 노는 텔레토비 봤다.

너 주말의 영화 녹화할 때

나 텔레토비 녹화한다.

너 NBA 녹화해논거 돌려볼 때

나 텔레토비 녹화해논 거 돌려본다.

너 겜방에서 스타크래프트로 밤샐 때

나 겜방에서 텔레토비 사진자료 찾으며 밤샌다.

너 하드에 야한 사진 쌓여갈 때

나 하드에 텔레토비 사진 쌓여간다.

너 증시 가격 폭락에 열 받을 때

나 보라돌이 게이란 말에 열 받는다.

자

보는 게 남는 거다……. 성관음설 ─ 보자 ─

찍으면 내꺼다……. 성도끼설 ─ 찍자 ─

심심할 때 까먹는 땅콩 같은 것이다……. 성심심풀이설 ─ 과자 ─

편리한 대로 사고 파는 것이다……. 성매매설 ─ 팔자 ─

심하면 무조건 병 생긴다……. 성병설 ─ 환자 ─

이젠 손꾸락만 있으면 된다……. 성채팅설 ─ 타자 ─

자고로…… 은밀한 게 좋으니라……. 성은밀설 ─ 닫자 ─

뭐 어때…… 볼 테면 봐라……. 성노출설 ─ 열자 ─

중간에 껄떡대는 놈이 꼭 생긴다……. 성꼬임설 ─ 삼각자 ─

기업의 이름

백수 건달을 자칭하는 사람들 몇 명이 모였다.

백수1 : 허허 참……. 요즘 벤처기업이 인기잖아, 그러니까 이름만 근사하게 지은 다음에 코스닥에 엄청난 이익이 올걸?

백수3 : 근데 그게 가능해?

백수1 : 그럼! 이름만 벤처기업답게 그럴 듯하게 지으면 된다구!

그리고는 모든 백수들이 모여 새로운 기업의 이름을 짓는데 혈안에 되어 있었다. 하지만 여러 사람의 의견이 모이다보니 이름이 결정 나지는 않고 자꾸 좋은 이름만 갖다 붙이게 되어 기업의 이름은 시간이 갈수록 길어져만 갔다.

백수1 : 어라? 이것 봐라. 기업 이름이 뭐 이리 길어?

백수4 : 뭔데? 한번 불러 봐!

백수1 : 음······. 벤처 전자 정보 통신 디지털 인터넷 캐피탈 바이오텔.

백수5 : 와~ 그 이름 외지도 못하겠다. 뭐 그리 긴 이름이 다 있나?

백수1 : 그러게 말이야. 하지만 이런 단어들이 들어가지 않으면 안 된다구!

백수6 : 좋은 수가 있다! 요즘 합성어가 유행이잖아! 그러니까 몇 자만 따내서 줄인 말을 쓰는 거야, 한 다섯 자 정도로 어때?

그래서 결국 그들이 결정한 벤처기업의 이름은 이렇게 결정되었다.

"정 통 자 지 털"

야구장에 꼭 이런 사람 있다

– 치어리더 앞자리에 몰려 앉은 남성 군단.
– 계속 경기에 불만이 많다가도 치어리더가 치마로 옷을 갈아입고 나오면 그저 좋아서 환호하며 모든 불만을 잊는 아저씨.
– 치어리더 응원무대 아래쪽에 앉아서 쉬는 시간마다 뒤돌아 보느라고 목이 뻣뻣해지는 아저씨.
– 치어 중 몇 번째 여자가 예쁘다고 점수 매기는 사내들
– 옛날 선수나 외국진출 선수(박철순, 박찬호, 선동렬 등) 타구단 선수 찾으면서 나오라고 소리치는 사람.
– 엉뚱한 다른 팀 응원하는 사람.
– 치어리더의 응원석에 뛰어올라가서 같이 춤추는 사람.

– 치어리더 보느라고 쉬는 시간엔 앉아 있고 경기 중에 화장실
  가는 사람.
– 먹을 것을 잔뜩 싸와서 이 경기가 끝나기 전에 다 먹어 치워야
  한다는 사명감을 가지고 온 사람들
– 게임시작 후 500원에 김밥 사라고 소리치는 아줌마.

술

너 수퍼에서 소주 사올 때
나 약국에서 겔포스 사왔다

너 반갑게 웃으며 소주 치켜들 때
나 반갑게 웃으며 안주거리 치켜든다.

너 웃으며 수저로 소주병 딸 때
나 웃으며 수저로 찌개 뜬다.

너 한 잔씩 원샷할 때
나 한 잔씩 물 잔에 버린다.

너 술 취해 얼굴 붉어질 때
나 긴장해 얼굴 붉어진다.

너 조금씩 개가 되어갈 때
나 조금씩 개 값 계산하고 있다.

너 술 취해 잠에 들 때
나 안도의 잠에 든다.

아차차

디자인 회사에 다니는 금봉은 식품회사에서 캐릭터를 만든다고
해서 상담중이었다. 상담을 하는 중간중간에 옆에 있던 주임이 계
속 사소한 걸 물어보는 것이었다.

주임 : 회사는 언제 창립했나요?

금봉 : 아……네……. 작년입니다.

주임 : 직원은 모두 몇 명입니까?

금봉 : 디자이너만 6명입니다.

아무래도 금봉의 회사의 규모나 실력을 알아보려고 하는 것 같
았다. 대충 얼버무리면서 대답을 했는데 이번에는 갑자기 직원들
나이를 물어보는 것이었다.

주임 : 직원들 평균 나이는 어떻게 됩니까?

금봉 : 아……네……. 20대 후반에서 30대 초반입니다.

그러자 주임이 마음에 안 드는지 인상을 찌푸렸다.

금봉은 그에 대해 무언가 설명이 필요했다.

금봉 : 아…… 디자이너는요, 나이 먹으면 쓸 수가 없습니다. 아무래도 감각도 떨어지고 말이죠. 디자인은 젊은 사람들이 해야 합니다.

그러자 옆에 있던 아저씨가 슬쩍 밖으로 나가는 것이 아닌가?

금봉은 불길한 예감에 주임에게 물어보았다.

금봉 : 저 혹시……. 방금 나가신 나이 드신 저 분은 누구시죠?

그러자 주임 왈,

주임 : 우리 회사 디자인팀장입니다.

미성년자와 성년자

– 성년의 날 –

미성년자 : 선배의 '성인식 날' 장미꽃 안 사주려고 이리저리 도망 다녔다.

성년자 : 장미꽃 안 사주려고 도망 다니는 후배새끼들 보면 죽여버리고 싶다.

– 노래 –

미성년자 : 유행하는 최신곡이란 최신곡은 랩까지 다 알았다.

성년자 : 공부도 안 하면서 노래 외우기가 열라 귀찮다.

– 담배 –

미성년자 : 마일드세븐, 말보로, 던힐 등을 피며 어깨에 힘주고 다녔다.

성년자 : 친구가 휴가 나올 때 가져다준 군팔피며 눈물 흘린다.

– 싸움 –

미성년자 : 쇠파이프 들고 교복이 찢어져라 싸웠다.

성년자 : 쇠파이프 든 애들 보면 발바닥이 찢어져라 달린다.

– 여자친구와 –

미성년자 : 노래방, 술집, 커피숍, 콜라텍 등을 휘저으며 다녔다.

성년자 : 여자친구 집, 우리 집을 휘저으며 다닌다.

– 그때와 지금 –

미성년자 : 세상에 무서운 것도 없고 공부만 하면 됐다.

성년자 : 모든 게 다 두려움이며 해야 할 것이 너무도 많아 그 때가 그립다.

텔레토비와 아줌마의 공통점

1. 색을 밝히고 좋아한다.
2. 남들 시선과는 상관없이 시끄럽다.
3. 한 소리 또 하고 한 소리 또 한다.
4. 집 밖으로 나가는 건 좋아한다.

5. 춤바람이 나기도 한다.

6. 자신은 무척 귀엽게 움직인다고 하지만 끔찍해 하는 사람들이
   많다.

7. 머리 모양이 특이하다.(볶은 파마 대 안테나 모양)

8. 배와 엉덩이가 튀어 나왔다.

9. 하는 말이 정해져 있다.(잔소리)

미스테리

〈1〉

담배가 백해무익하다는 건 누구나 알고 있다.

특히 잠자기 전에 피는 담배와 일어나 피우는 담배가 몸에 가장
나쁘다는데 새벽에 잠깐 일어나 담배 하나 피우고 다시 잔다면 그
건 일어나 피우는 담배인가? 아니며 자기 전에 피우는 담배인가?

〈2〉

흔히들 사랑을 하면 '난 너 없이는 못 살아 네가 없다면 난 죽어
버릴 거야' 하고들 하는데 죽는 사람은 0.1% 도 안 된다.

거짓말인가? 쇼인가?

〈3〉

요즘 10대가 무섭다고들 하는데 초등학생도 포함이 되는 건지.

〈4〉

담뱃갑을 보면 '경고 : 흡연은 폐암 등 각종 질병의 원인이 되며,
특히 임산부와 청소년의 건강에 해롭습니다.' 라는 경고 문이 있는
데 이걸 보고 끊는 사람이 단 한 명이라도 있을까?

<5>

'취중진담'이라는 말이 있는데 술만 먹으면 아무에게나 'XX들아!'라며 소리치는 우리 옆집 박씨 아저씨는 정말 술만 먹으면 다 개로 보이는 걸까? 아니면 취중농담일까?

예술영화와 외설영화

1. 예술영화는 애인과 보면 재미있다.
   외설 영화는 친구와 보면 재미있다.
2. 예술영화에서 여배우가 벗으면 과감한 연기로 칭찬 받는다.
   외설영화에서 여배우가 안 벗으면 엄청나게 욕먹는다.
3. 예술영화는 비싼 돈 내고 들어가서 잠자고 나온다.
   외설영화는 저렴한 값으로 비디오를 빌려서 날밤새며 본다.
4. 예술영화 속의 여배우는 보일 듯 말 듯 보여준다.
   외설영화 여배우는 검은 패니만 죽어라 보여준다.
5. 예술영화는 동성 간의 '우정'이 아름답게 그려진다.
   외설영화는 동성 간의 '애정'이 끈적하게 그려진다.

매딕만 보면 생각나는 것들

1. 마린과 같이 벙커에 집어넣고 싶어진다.
2. 마린3과 매딕1 마리를 벙커에 넣는다며 왠지 매딕이 불쌍해 보일 거 같다.
3. 공격당한 매딕이 갑옷이 벗겨진다면 훨씬 더 멋있을 것 같다.

4. 매딕만으로 구성된 부대가 쳐들어가면 상대 마린들이 공격은 안하고 휘파람 불고 환호한다면 어떨까.

5. 매딕과 마린이 같이 공격해 왔을 때 마린만 죽이고 매딕은 포로로 잡을 수 있으면 좋겠다.

6. rpg 게임에서 여주인공이 업그레이드하면 전투복장이 야해지듯이 매딕이 업그레이드하면 전투복이 작아졌으면 한다.

7. 왜 매딕의 전투복은 투명하지 않은 건지가 원통하다.

8. 매딕과 드롭쉽 조종사랑 머리채 잡고 싸우는 장면을 상상한다.

9. 매딕 주연의 pr 영화가 있다면 O양 비디오보다 인기가 좋을 것 같다.

대박 CF 그 이후

- 제1회 고스톱 수익률 대회 1위~『피박』(ID : pipark) "피박의 신화는 계속 된다."

- 바람난 사람들의 카리스마~『외박』(ID : yaepark) "모든 바람기는 외박으로 완성된다."

- 제1회 라스베가스 수익률 대회 챔피언~『도박』(ID : dokpark) "모든 도박은 '도박' 으로 완성된다."

- 제2회 고스톱 챔피언~『독박』(ID : dokpark) "고스톱은 이제 독박과 함께한다."

- 세계 바이올린 대회 세계 챔피언~『유진박』(ID : yujinpark) "이제 모든 바이올린은 진박이가 연주한다."

나는 분노한다

하나, 있는 돈 없는 돈 탈탈 털어 후배들에게 술을 사줬다.

돈이 없다고 딱 잡아뗐던 내 동기는 술 먹고 해롱대는 여후배를 집까지 바래다준다더니 여관으로 데려 갔다.

"이런 쳐죽일 놈 술값은 없고 여관비는 있다니……. 나는 그날 차비도 없어 집까지 걸어갔는데."

둘, 담배 자판기가 있던 얼마 전, 새벽에 몹시도 담배가 피고 싶어서 지갑과 책상 서랍, 호주머니를 다 뒤졌더니 970원이 나왔다. 30원만 더 있음 '디스'를 살 수 있는데 아무리 뒤져도 30원이 모자랐다. 온 방안을 새벽녘에 두 시간이나 뒤졌다. 궁리 끝에 침대를 들어올렸더니 50원짜리 하나가 나왔다.

벌써 시간은 해가 떠오를 어슴푸레한 새벽녘. 기쁜 마음으로 담배 자판기로 달려갔다. 결국 그 자판기는 내 돈을 먹었다.

셋, 과 친구 녀석이 오늘 학내 민주화 투쟁이 있는데 자신은 급한 일이 있으니 자기 대신 선봉대로 나가 달랬다.

그 날 나는 백골단한테 잡혀서 머리 깨지게 맞았다.

그 자식은 소개팅을 다녀왔다.

넷, 잘 안 가던 통신 대화방엘 갔다.

웬 여자와 단둘이만 대화를 나누게 되었다.

그런데 그녀가 전화로 얘길 하잔다.

며칠 후 그녈 만났다.

난 20만원짜리 classic CD 전집을 사야 했다.

다섯, 전자 부품을 사러 세운상가엘 갔다.
한 아저씨가 내게 다가왔다.
"학생, 빨간마후라랑 탤런트 이모가 찍은 비디오, 화장실 몰래카
메라가 비디오 테이프 하나에 들어 있대니까."
몇 번을 거절했지만 끈질긴 회유에 넘어가 부품값 5만원을 주고
샀다.
그날 밤 난 '날아라 호빵맨'을 재밌게 봤다.

삼겹살 먹을 때 얄미운 사람들

　- 불 판에 삼겹살을 올려놓고 한쪽 구석부터 차례로 뒤집고 있
　　는데 딴청하고 있다가 곧바로 뒤따라오며 뒤집어놓은 삼겹살
　　을 다시 하나씩 뒤집고 있는 사람.
　- 1인분 주문하면 대부분 안 되는 줄 알면서도 같이 있는 사람

쪽팔리게 큰소리로 1인분 추가로 주문하는 사람.

– 구멍이 숭숭 뚫린 불 판에 구워먹으면서 나중에 밥 비벼달라
  고 우기는 사람.

– 기껏 삼겹살을 주문했더니 그때서야 '다이옥신'이 어떻고 '암
  유발 물질'이 어떻고 하며 열변을 토하는 사람.

– 마늘을 모두 불 판 위에 던지듯 올려놓고 자신은 하나도 안 먹
  는 사람.

– 자기 옷은 냄새 밴다고 한쪽 구석에 걸어놓고 남의 옷을 무릎
  위에 올려놓는 사람. 그것도 모자라 거기에 쌈장 덩어리 흘리
  는 사람.

– 밥 먹으며 열변을 토하다 입에 들은 음식을 삼겹살이 구워지
  는 불 판 위로 계속 내뱉듯 튀는 사람.

– 음식이 오기 전에 부지런히 콧구멍을 후비고 있다가 삼겹살이
  오기 무섭게 알루미늄 호일을 불 판에 꼼꼼히 깔고 있는 사람.

– 처음 삼겹살을 불 판에 올려놓고 먹음직스럽게 생긴 한 점을
  골라 구워지기만을 기다리며 눈여겨보고 있는데 채 구워지기
  도 전에 맛있게 생겼다며 홀랑 집어 가는 사람.

도둑과 경찰

금봉이가 사는 집은 3층 양옥이었다.

1층과 2층은 세를 놓는데 2층은 태권도장이었다.

관장은 7단이었고 두 명의 사범은 모두 5단이었다. 관장은 도장
에서 살림까지 같이 했고 사범 둘은 모두 총각이라 1층 한쪽 방에서

자취를 했다. 그리고 금봉이와 금봉이의 형은 4단으로 당시 태권도 선수생활을 하고 있었다.

그런데 어느 물정 모르는 도둑이 밤 11시에 들어왔다가 셔터에 갇혔다. 도둑은 보일러실에 숨어 있었는데 깜빡 잠들었다가 연탄 보일러 불을 갈으시려던 할머니께 들켰다.

"도둑이야."

불이 켜졌다.

<스타 태권도장>

관장과 사범 둘이 뛰쳐나오고 태권도 선수인 금봉의 형까지 뛰쳐나왔다.

도둑은 칼을 들고 외쳤다.

"가까이 다가오지 마! 경찰 불러."

주식투자와 결혼의 공통점

1. 희망찬 기대를 가지고 시작한다.

2. 해도 후회하고 안 해도 후회한다.

3. 그 결과를 누구도 예측할 수 없다.

4. 술자리에 가장 많이 등장하는 화젯거리다.

5. 겉모습으로 항상 사람을 속게 한다.

6. 결혼은 우량아를, 주식투자는 우량주를 원한다.

7. 큰 이익을 얻었으면 10개월 간 쳐다보지 않는다.(이 부분은 상당한 이해력이 요구된다.)

8. '증자'를 한다.

9. 겨우 종목을 고르고 나면 그때부터 단점이 보이기 시작한다.
10. 자기는 이미 하고서 남에게는 절대로 하지 말라고 말린다.

조각가 이름

금봉이 TV 교양 프로그램을 보고 있었다.

예수와 관련된 조각들을 보여주던 그 프로그램에서는 웃긴 조각가의 이름이 나왔다.

'십자가에 달린 예수' − 조또 作 −

다음날 미술시간,

선생님은 화첩을 펼쳐들었다.

예수가 고난받는 그림이었다.

"이게 누구의 작품인지 아는 사람?"

금봉은 너무도 기뻐서 외쳤다.

"선생님, 조또!!"

금봉은 미술 선생님에게 조또 무식하게 맞았다.

도너츠

금봉은 어떤 도너츠 체인점에서 일한 적이 있었다.

금봉은 토요일 저녁이면 내가 속해 있는 한 모임에 자주 나타났다. 나타날 때마다 손에는 커다란 빵 봉지가 들려 있곤 해서 모임의 회원들은 늘 그를 기다리곤 했었다. 뿐만 아니라 금봉이 가져오는 도너츠는 배부르게 먹기에는 값이 몹시 비싼 것이어서 금봉이는 우리들 사이에 항상 절정의 인기를 누리곤 했다.

그런데 어느 날 어느 때와 마찬가지로 정신없이 비싼 도너츠를 먹고 있던 회원이 금봉에게 넌지시 물었다.

"같이 드시죠?"

아무래도 매일 그 음식을 맛보거나 쳐다보니까 당연히 안 먹을 것이라 모두들 생각하고 그 동안 한번도 그 질문을 하지 않은 것이었다. 모두들 그 생각이 났는지 먹던 손과 입을 잠시 멈추고 물끄러미 금봉을 바라보고 있었다. 그 친구는 담담히 말했다.

"그냥 많이 드세요."

그러려니 하고 다시 먹기 시작하는데 금봉이 혼잣말로 중얼거리는 소리가 들렸다.

"밀가루 반죽하고 나면 손이 깨끗해지더라구."

덩치가 커서 슬플 때

- 아무도 나랑 목욕탕에 같이 안 가려고 할 때.
- 목욕탕 가서 "등 밀어드릴까요?"라고 말할 때마다 사람들이 도망갈 때.
- 똑바로 서서 고개를 밑으로 내렸는데 배말고는 아무 것도 안 보일 때.
- 배꼽을 거울로만 볼 수 있을 때.
- 작은 목욕탕의자에 앉다가 뒤로 자빠질 때.
- 날 보고 놀라서 힐끗 쳐다보고는 그 담에는 아래를 슬쩍 쳐다 보고 피식 웃을 때

– 엄숙한 행사장에서 애들이 나보고 뚱땡이라고 놀릴 때.

– 택시기사가 투덜거릴 때.(요금 두 배로 달라는 협박)

– 포옹을 하는데 밀착이 안 될 때.

– 엘리베이터에서 '삐익' 소리날 때.(제일 먼저 탔어도 날 째려본
  다.)

– 배부른 상태에서 친구네 갔는데 친구엄마가 무작정 밥 차려주
  고 계속 밥 퍼줄 때.

– 친구 엄마가 덩치 큰 사람 치곤 오래 사는 사람 못 봤다고 하면
  서 혀를 끌끌 차실 때.

– 그랬는데 덩치 큰 친척어른이 고혈압으로 진짜 빨리 돌아가셨
  을 때.

– 이렇게 슬픈 이야기를 남들은 웃기다고 할 때.

바퀴벌레 잡는 법

1. 바퀴벌레에서 바퀴를 떼어낸 후 바퀴가 떨어진 평범한 벌레를 때려잡는다.
2. 바퀴벌레 한 마리를 생포해서 갖은 고문을 가한 후 슬쩍 풀어 준다. 도망간 바퀴벌레는 무서운 사람이 산다는 소문을 퍼트 려서 다른 곳으로 간다.
3. 고양이를 하나 사다가 바퀴벌레를 잡아먹으라고 세뇌 교육을 시킨다.
4. 바퀴벌레들을 남자라고 생각하도록 세뇌시킨다. 그러면 여자 구경하러 압구정동이다 신촌이다 강남역이다 하는 곳으로 다 나가고 집 안에선 볼 수 없다.
5. 바퀴벌레들을 유부남이라고 생각하도록 세뇌시킨다. 그러면 밖에 나가 술 먹고 안 들어 올 것이다. 그렇게 외박을 할 때 문 을 잠그고 안 열어주면 된다.
6. 바퀴벌레들한테 '쥬라기공원2' 영화표를 예매해 줘서 극장으 로 모은 다음에 극장을 폭파시킨다.

나이가 들었음을 느꼈을 때

- 목욕탕 물이 뜨거우며 사색을 하던 내가 한증탕에서 수건 덮 고 자빠져 졸며 얼굴 익혀 나올 때.
- 몇 년 전까지만 해도 모든 사용설명서는 목록만 봐도 내용 짐 작은 물론 응용까지 하던 나였는데……
  요즘은 핸드폰 하나를 사도 사용설명서를 항상 가지고 다니는 건 기본이며 전화번호 입력 때도 몇 페이지에 있는지 확인한 후 한 줄 읽고 번호 입력하고 한 줄 읽고 이름 입력할 때.

- "고 학번만 오세요!! 97 98 학번……!!"이라는 대화방 방제를 본 후 묘한 분노에 휩싸여 친구한테 전화 걸어서 알지도 못하는 그 방 방장을 마구 씹으며 요즘 애들 욕할 때.

- 모르는 사람이 나를 부를 때는 전에는 10번 중 1번 정도는 아줌마라고 불러줘서 날 당황케 했는데 요즘은 10번 중 1번 정도는 학생이라고 불러줘서 날 기쁘게 할 때.

- 다방에서는 10분도 못 있을 것 같았는데 요즘은 다방에 너무도 자연스럽게 드나들며 벽에 붙은 메뉴판 보며 주문할 때.

- 지하철이나 버스의 빈 자리를 보면 가방이라도 던지고 싶은 충동이 일 때, 신문지라도 깔고 앉으면 안 될까 고민할 때.

- 은행적금이나 보험보다는 곗돈놀이에 솔깃할 때.

- 혼자서는 식당에서 밥 못 먹었는데 요즘은 혼자 국밥집에 들어가 돼지국밥 시키며 새우젓 더 달라고 주문할 때.

- 전엔 과음하면 다음날 머리가 아팠는데 요즘은 다음날 속이 쓰리고, 그 다음날도 속이 쓰리고, 그 다음다음 날까지 골골거릴 때.

- 전엔 군에 있는 사람 소개받으면 귀가 솔깃했는데 요즘은 군에 가는 사람을 보면 내 자식처럼 여겨질 때

- 커피 값 3,000원은 엄청 아깝고 술값 30,000원은 기본이라고 생각될 때.

- 나이만 먹고 정신연령이 그대로 멈춰 있는 나 자신이 무척이나 안쓰럽고 애처로울 때.

집

금봉이 결혼해서 살집을 마련하느라 여기저기 뛰어다녀야 했다. 하지만 넉넉지 않은 돈으로 전세를 얻으려니 그도 쉬운 일이 아니어서 적잖은 고생을 해야 했다. 그러다가 얻은 집은 아담하고 살기 좋은 곳이었는데 다만 그 위치가 너무 높은 곳에 있었던 것이 문제였다. 얼마나 높은지 가도가도 끝이 없었고 경사가 심해 마을버스도 다닐 수 없었으며, 눈이 오는 날은 귀가를 포기했어야만 했다.

어느 날 회사에서 휴식시간에 직원들이 이런저런 얘기를 하다가 자신들의 집이 높은 곳에 있다는 얘기가 화제로 등장했고 금봉은 가소롭기만 한 그들의 얘기를 듣고 있다가 우리 집의 높이를 한 마디로 표현할 말이 없을까 생각했다. 그러다가 금봉이 던진 한 마디에 우리 집에 대한 높이는 회사 내의 전설처럼 남게 되었다.

금봉은 이렇게 말했다.

"약수터에 물 뜨러 내려가야 하는 집 봤어?"

효도

어느 일요일, 금봉의 아버님께서는 몸담고 계시는 어떤 모임에서 열리는 등산대회에 가신다며 금봉이와 같이 갈 것을 제안하셨다. 금봉은 많은 어르신들하고 같이 있다는 게 결코 반가운 일이 아니었지만 그리 특별히 할 일도 없었고 또 이 기회에 효도라도 한번 해야겠다며 순순히 아버님을 따라 나섰다.

최종 목적지는 집에서 그리 멀지 않은 등산코스로 중 고등학교 시절에 가끔 오르던, 젊은 사람들에겐 산책 정도 되는 그리 높지 않은 곳이었다. 하지만 오랜만에 그곳을 찾으니 그 전의 그곳보다는 한참이나 높게만 느껴질 정도로 힘들게 올라가야만 했다. 목적지에 도착해서 가쁜 숨을 고르며 잠시 쉬는데 아버님을 포함한 여러 어르신들이 무언가 곤란한 일이 생긴 듯했고, 의견을 주고받으시던 얘기 중에 아버님의 목소리를 듣게 되었다.

금봉에게 부탁하면 될 것이라는 아버님의 말씀이셨다.

금봉은 어차피 효도하자고 온 것이니 그러려니 생각하고 있는데 마침 금봉의 아버님께서 많은 사람들 앞에서 당당하고도 아주 근엄한 말투로 내게 이렇게 말씀하셨다.

"내려가서 담배 좀 사 오거라."

운전

금봉이 운전을 시작한 지 얼마 되지 않은 한 친구의 차를 타게 되었다. 친구는 자동차 뒤에 커다랗게 '초보운전'이라고 써 붙이는 것이 못내 쑥스러웠던지 초보 운전임에도 그냥 운전하고 있었다.

차가 달리던 중 갑자기 앞차가 급정거를 하는 바람에 접촉 사고가 날 뻔하여 앞차 욕을 신나게 하고 있는데 그 차의 뒷 유리창에는 커다란 글씨가 쓰여져 있었다.

'이 차에는 지금 아이가 타고 있어요.'

아마도 아기용품 업체에서 제작한 스티커인 것 같은데 그런 글을 보니 달리 할 말이 없었다.

그 친구는 그것이 '초보운전' 보다는 훨씬 좋은 아이디어라고 생각했는지 자신도 그렇게 써 붙이고 다녀야겠다는 말을 했다.

하지만 결혼도 안한 놈이 어찌 그런 말을 쓰고 다닐 수 있느냐는 금봉의 반문에 그 친구는 잠시 생각에 잠겼다.

며칠이 지난 뒤 금봉은 그 친구의 차를 또 탈 일이 생겼다.

운전 실력이 제법 늘은 것 같았지만 여전히 초보운전은 초보운전일 뿐이었다. 하지만 이상한 것은 도로를 달리는 동안 지나가는 주변의 차들이 금봉이 탄 차 안을 계속 기웃거리는 것이었다.

목적지에 도착해서 혹시나 하고 자동차의 뒷 유리창을 보니 아니나 다를까 거기에는 이런 글씨가 커다랗게 쓰여져 있었다.

"이 차 안에는 지금 아기를 만들고 있어요!"

코리아 베스트셀러 10

10. "여보, 임자, 감옥 갈 때 뭘 가지고 가지?"

9. 육신을 위한 개고기 스프.

8. 창살 절단 10일이면 신창원만큼 한다.

7. 소설 퇴폐록.

6. 털기 쉬운 부자집 50선. (서울편)

5. 우리 몸에 좋은 우리 뇌물 100가지.

4. 추락하는 천사는 날개가 없다.

3. 만화로 보는 탈주루트 길라잡이.

2. 뒷북 잘치는 101가지 방법.

1. 나의 부자재산 답사기.

무일푼 스트레스 해소법 10가지

1. 하늘을 본다.

– 하늘에서 떨어지는 새똥 맞으면 더 짜증난다.

2. 잔다.

– 허리 뿌사지도록 너무 많이 자면 스트레스 더 쌓인다.

3. 남의 집에 벨 누르고 도망간다.

– 아무도 없는 집에 벨을 누르며 정말 허무하다.

4. 옷을 홀딱 벗고 누워 본다.

– 까딱하다간 변태로 오인 받을 수도 있다.

5. 애완동물이랑 커뮤니케이션을 해 본다.

– 그런 모습을 부모님한테 들켰다간 병원에 끌려갈지도 모른다.

6. 인간의 한계에 도전한다.

– 인내심이 결여된 분들은 피하도록 한다.

7. 고층 빌딩에 올라가서 세상을 내려다본다.

– 내려보기만 해야지 내려가면 큰일난다.

8. 청소를 하거나 빨래를 한다.

– 언젠가는 청소해야 한다.

9. 목청껏 노래 부른다.

– 당신의 노래를 듣는 사람에게 우선 양해를 구해야 한다.

10. 자신을 세뇌시킨다.

– 자신의 스트레스는 반감되지만 옆 사람의 스트레스는 상대적으로 증가한다.

가장 싼 동네

금봉이 강남구 일원동에 사는 친구를 만났다.

"어~ '일원' 동이면 가장 싼 동네에 사는구나."

그러자 친구가 반격을 했다

"홋~ 무슨 소리 송파구 '삼전' 동이 있는데"

얼마 후 금봉은 송파구 삼전동에 사는 친구를 만났다.

"야~ '삼전' 동보다 더 싼 동네는 없겠지?"

고개를 까딱 까딱이며 자만심에 가득 찬 얼굴로 흥얼거렸다.

"후후~ '노원' 구가 있잖아."

통통한 나! 이럴 때 황당하다

* 버스 안

버스 안 팔걸이 달린 의자에 앉아 있다가 내리려고 하는데 엉덩이가 팔걸이에 껴서 몸을 빼내지 못할 때.

* 목욕탕에서

목욕탕 안 작은 의자에 앉으려고 하다가 앉지 못하고 뒤로 자빠질 때.

* 몸무게 잴 때

전자식 저울에 올라갔는데 몸무게가 'ERR' 라고 찍힐 때.

*배고플 때

배고파 죽겠는데 내 똥배를 보고 "넌 배불러서 좋겠다."라고 말할 때.

*스티커 사진 찍을 때

셋이서 찍었는데 내 얼굴에 가려 한 사람이 안 찍혔을 때.

* 그래서…….

제일 뒤에서 찍었는데도 앞에서 찍은 사람보다 얼굴이 더 크게 나올 때.

오락실 꼴불견 BEST

- 날아오는 미사일 피하며 폭탄 아끼다가 죽는 인간.
- 첫 판도 못 깨고 이름 새겨야 한다며 버팅기는 인간.
- 100원 넣고 2P쪽에 앉아 버튼 안 눌러진다고 화내는 인간.
- 돈 넣지도 않고 돈 먹었다며 100원 달라는 인간.
- 서비스로 주는 오락실 커피 다섯 잔씩 먹는 인간.
- 200원짜리 오락기에 100원 넣고 오락기 고장났다고 소리 지르는 인간.
- 폭탄 다 떨어졌는데 계속 폭탄 버튼 누르는 인간.
- 오락하는 여자 꼬시는 인간.
- 비행기 오락하며 미사일인 줄 알고 연속으로 폭탄 버튼 세 번 누르는 인간.
- D.D.R 하는 여고생 침흘리며 바라보는 인간.

로데오 섹스란?

1. 여자친구를 땅에 손, 발을 짚고 엎드리게 한다.
2. 여자친구의 뒤에서 그 일을 시작한다.(손으로 허리를 꽉 붙들 것)
3. 동시에 소리친다. "그 동안 본 엉덩이 중에 이렇게 축 늘어진 건 처음이구만!"
2. 10초 동안 안 떨어지고 견디면 당신의 승리.

남자 스트립 바에 간 세 여자

여자 셋이서 남자들이 스트립쇼를 하는 바에 갔다.

여자들은 생전 처음 보는 것이라 낯이 뜨거웠지만 촌티를 내지 않으려고 노련한 척하면서 태연하게 쇼를 보고 있었다.

그때 남자 스트립 댄서가 여자들에게로 다가왔다.

그녀들은 당황해서 어찌할 바를 모르고 있었다.

그때 늘 잘난 척하기 좋아하는 한 첫 번째 여자가 지갑에서 만 원짜리 지폐를 꺼내더니 그 댄서에게 윙크를 하면서 댄서의 팬티 속으로 손을 집어넣으면서 엉덩이에 만원을 집어넣었다.

그 댄서는 신이 나서 무대를 한 바퀴 돌더니 다시 그녀들에게 왔다.

그랬더니 옆에 있던 두 번째 여자는 지갑에서 오만원을 꺼내는게 아닌가. 그리고는 댄서의 엉덩이에 얼굴을 비비며 오만원을 깊속하게 찔러 넣었다.

모든 사람들이 세 번째 여자의 행동을 기다렸고……. 세 번째 여자는 다른 여자들보다는 더 잘해야겠다는 생각이 들었다.

하지만 지갑을 여니 돈이 한 푼도 없는 게 아닌가!

그래서 세 번째 여자는 현금카드를 꺼내어……,

스트립 댄서의 엉덩이 사이에 카드를 한번 쓱~긁고, 팬티 안에 있던 6만원을 도로 꺼냈다.

그 용도가 아니야

어떤 신혼부부가 있었다.

근데 그 신랑은 신혼임에도 불구하고 며칠째 밤일을 해주지 않은 것이었다. 부인은 말도 못하고 화만 잔뜩 나 있었다.

그런데 어느 날, 잠자리 들기 전에 책을 보고 있던 신랑이 갑자기 부인의 팬티 속에 손을 쓰윽 집어넣고 한 번 넣다가 그냥 빼는 것이었다. 화가 난 부인은,

"당신 지금 뭐 하는 거예요? 나 놀리는 거예요?"

그러자 남편이 하는 말,

"응? 책장을 넘기려는데, 손가락이 말라서."

피노키오의 자위

오늘도 데이트를 하고 돌아 온 피노키오가 아버지에게 불평을 늘어놓기 시작했다.

"아버지! 애인이랑 그 짓을 할 때 거기서 나무 부스러기가 일어나서 미치겠어요!"

그러자 늙은 아버지는 애인이 거기가 얼마나 까칠했겠느냐며 혀

106

를 차는 것이었다.

잠시 후, 아버지는 아들에게 사포를 내밀며 이것으로 거기를 잘 문지르라고 말했다.

며칠 뒤, 아버지가 피노키오에게 다시 물었다.

"그래, 요즘은 애인이랑 별 문제 없겠지?"

그러자 피노키오가 하는 말.

"여자요? 여자가 왜 필요해요. 사포가 있는데."

소변으로 본 남자의 유형

- 초라한 남자 : 옆에서 소변보는 사람을 힐끔힐끔 보면서 소변 보는 사람.
- 어린애 같은 남자 : 소변 줄기를 변기의 아래, 위, 좌, 우로 휘두르며 열심히 파리나 모기를 맞히려는 사람.
- 스포츠형 남자 : 변기 1~2m 후방에서 소변을 보아 변기에 정확히 맞히려는 남자.
- 꽃가게 점원형 남자 : 모든 변기를 돌아가면서 조금씩 소변보는 남자.
- 치밀한 남자 : 대변 마려울 때까지 참았다가 두 가지를 한꺼번에 해결하려는 사람.
- 여우 같은 남자 : 소변보면서 조용히 방귀를 뀌고는 아무 일 없다는 듯 가버리는 사람.
- 사교적인 남자 : 소변이 마렵든 안 마렵든 친구를 따라가 소변을 보는 사람.

결혼, 이혼, 재혼의 법칙

결혼은 '판단력' 부족으로 인해 이루어지며,

이혼은 '인내력' 부족으로 인해 이루어지고,

재혼은 '기억력' 부족으로 이루어진다.

마누라보다 옆집아가씨가 좋은 이유

1. 옆집 아가씨는 머리 모양이 바뀐 걸 몰랐다고 화내지 않는다.

2 매일 의무 방어할 필요가 없다.

3. 매일 보지 않아도 된다.

4. 마누라는 인상만 쓰지만 옆집아가씨는 만나면 겉으로라도 웃어준다.

5. 마누라가 알몸으로 집 안을 돌아다니면 짜증나지만 옆집아가씨는 반바지만 입고 골목을 나와도 눈이 돌아간다.

6. 작은 인사만으로도 웃음을 이끌어 낼 수 있다.

7. 먹여 살릴 필요가 없다.

9. 나한테 아무 것도 바라지 않는다.

10. 포르노를 같이 본 후에 영화 속 장면을 은근히 요구하지 않는다.

11. 침흘리고 입 냄새 풀풀 풍기며 자는 모습을 볼 필요가 없다.

12. 월급이 안 나온다고 눈치볼 필요가 없다.

13. 마누라를 얻기 위해선 많은 희생과 투자가 필요하지만 옆집아가씨는 그냥 생긴다.

14. 마누라가 끓이는 청국장 냄새보다 옆집아가씨가 끓이는 라

면 냄새가 더 구수하게 느껴진다.

15. 옆집아가씨는 늦게 들어온다고 잔소리하지 않는다.

16. 옆집아기씨는 술 그만 먹으라고 잔소리하지 않는다.

17. 옆집아가씨는 늦잠 잔다고 잔소리하지 않는다.

18. 옆집아가씨는 배 나왔다고 잔소리하지 않는다.

19. 옆집아가씨는 면도하라고 잔소리하지 않는다.

20. 옆집아가씨는 코 파지 말라고 잔소리하지 않는다.

21. 옆집아가씨는 밥 남긴다고 잔소리하지 않는다.

22. 옆집아가씨는 오락하지 말라고 잔소리하지 않는다.

23. 옆집아가씨는 만화 그만 보라고 잔소리하지 않는다.

24. 옆집아가씨는 발 씻으라고 잔소리하지 않는다.

25. 옆집아가씨는 손톱 깎으라고 잔소리하지 않는다.

26. 옆집아가씨는 머리 감으라고 잔소리하지 않는다.

27. 옆집아가씨는 텔레비전 끄고 자라고 잔소리하지 않는다.

28. 옆집아가씨는 담배 끊으라고 잔소리하지 않는다.

29. 옆집아가씨는 운동하라고 잔소리하지 않는다.

30. 옆집아가씨는 절대! 잔소리하지 않는다.

하지만……, 마누라는 밥해 준다.

퀵 서비스

항상 잠자리에서 별볼일 없는 남자들하고만 사귀던 여자가 강한 남자를 찾기 위해 친구에게 자문을 구했다.

친구는 자신이 생각하는 남자를 추천해 주었다.

"너 있잖아, 오토바이 타는 남자는 터프하거든! 그래서인지 잠 자리에서도 얼마나 터프한지 몰라. 남자는 오토바이 타는 남자 이 상 뽕가는 남자를 본 적이 없어. 잠자리의 황제라니까."

여자는 친구의 말을 듣고 오토바이를 타는 남자를 물색하게 되 었다. 그러다가 오토바이를 탄다는 남자를 만나게 되었고 여자는 그 남자를 유혹해서 잠자리를 같이 하게 되었다. 하지만 남자는 1 분도 안돼서 끝내버리는 것이 아닌가!

화가 난 여자가 물어보았다.

"이봐요! 당신 오토바이 타는 거 맞아!"

그러자 남자가 말했다.

"예, 저 퀵 서비스하는데요."

스키선수

오토바이 타는 남자에게도 만족을 못한 여자가 다시 친구에게 자문을 구했다.

"오토바이 타는 남자가 맘에 안 들었다면 산 타는 사람은 어떠 니. 산 타는 사람들이 원래 올라가는 데는 능숙하잖아. 그리고 더 좋은 건 내려올 때도 급하게 서둘지 않고 천천히 내려온다는 점이 야. 혼자만 만족하지 않는다는 거지."

여자는 친구의 말을 듣고 이번에는 산 타는 남자를 물색하게 되었다. 그러다가 산 타는 남자를 만나게 되었고 여자는 그 남자를 유혹해서 잠자리를 같이 하게 되었다. 그런데 이 남자가 자기 혼자만 올라갔다가 금방 내려오고 또 올라갔다가 금방 내려오고 그러는 것이다.

화가 난 여자가 물어보았다.

"이봐요! 당신 산 타는 사람 맞아?"

그러자 남자가 말했다.

"예. 전 스키선수인데요."

번지점프와 매춘의 공통점

1. 순간의 쾌락을 추구한다.

2. 그 쾌락을 위해 돈을 지불한다.

3. 한번 해보고 싶지만 용기가 없어서 못하기도 한다.

4. 잘못하면 다칠 것 같아서 두렵다.

5. 한번 해본 놈은 못해본 사람들에게 자랑을 한다.

6. 맛들이면 자주 한다.

7. 외국에 여행가면 꼭 해보는 사람들이 있다.

8. 내가 하는 것도 즐겁지만 남이 하는 것을 보는 것도 재미있다.

9. 할 수 있는 곳이 정해져 있다.

10. 하고 싶어도 돈이 없어서 못하는 사람도 있다.

11. 절대로 안 하는 사람들도 의외로 많다.

12. 텔레비전이나 영화에서 볼 때는 무척 하고 싶었지만 막상 할

수 있는 기회가 생기면 못하기도 한다.

13. 남자들은 천천히 올라가서 금방 떨어져 버린다.

14. 앞을 보고 하기도 한다.

15. 뒤를 보고 하기도 한다.

16. 하고 나면 푸욱 젖기도 한다.

17. 하려고 올라갔는데 아무것도 못하고 내려오면 무척 창피하다.

18. 본전 생각이 나서 한 번 할 때 화끈하게 하고 싶다.

19. 상주하는 남자들을 보면 저놈은 얼마나 잘할지 궁금하다.

20. 고무로 만든 도구가 꼭 필요하다.

여자는 버스기사를 좋아해

1. 커다란 물건을 가지고 다닌다.

2. 크기도 커다란 것을 마구 밀어붙인다.

3. 여러 명을 태워도 힘이 남아돈다.

4. 후진보다는 전진에 능하다.

5. 운전기술이 뛰어나다.

6. 좁은 길도 잘 파고든다.

7. 잠깐씩만 쉬었다가 금방 또 달린다.

8. 혹시라도 고장이 났을 때는 잠시만 기다리면 다른 버스를 태워준다.

9. 일단 타고나면 쉬지 않고 흔들린다.

10. 아침 일찍부터 밤 늦게까지 계속 태워준다.

11. 언제 어디서나 태워준다.

12. 내가 만족하면 내릴 수 있다.

13. 내 마음대로 내려도 화내지 않는다.

14. 언제쯤 내리면 되는지 친절하게 가르쳐 주기도 한다.

15. 남자친구와 같이도 태워준다.

16. 여자친구와 같이도 태워준다.

17. 서로 자기 것에 타라고 경쟁하기도 한다.

18. 타다가 졸아도 괜찮다.

19. 졸다가 깨도 계속 달리고 있다.

20. 남의 시선을 상관하지 않고 탈 수 있다.

21. 달릴 때 육중한 소리가 난다.

22. 넓은 길도 잘 달린다.

23. 길이 넓다고 화내지 않는다.

24. 넓은 길을 꽉 채우고 잘 달린다.

25. 탁 트인 야외에서도 잘 태워준다.

26. 아줌마도 태워준다.

27. 할머니도 태워준다.

28. 타는 사람에게 꼬치꼬치 물어 보지 않는다.

29. 처음 보는 사람도 잘 태워준다.

30. 처음 타는 사람도 쉽게 탈 수 있다.

남자는 귀신의 집을 좋아해

1. 어둡고 좁은 구멍을 들어간다.

2. 깊게 들어갈 때마다 짜릿하다.

3. 들어가다는 내키지 않으면 나오면 된다.

4. 들어가다가 그냥 나와도 화내지 않는다.

5. 구멍을 좀더 잘 들여다볼 수 있다.

6. 친구들과 같이 들어가도 된다.

7. 들어가서 유독 흥분하는 사람도 있다.

8. 흥분하는 사람을 보면 나까지 흥분된다.

9. 들어가면 나를 흥분시키기 위해서 많은 노력을 해준다.

10. 새로운 곳에 들어갈 때마다 긴장하게 된다.

11. 새로운 곳에 들어갈 때마다 새로운 재미가 있다.

12. 들어갈 때 긴장감과 흥분이 교차된다.

13. 맨날 똑같은 곳을 들어가고 싶지 않고 안 들어가도 된다.

14. 대부분은 평범하게 뚫려 있어서 쉽게 들어갈 수 있다.

15. 어떤 곳은 꽉 막혀서 몸으로 뚫고 들어가야 한다.

16. 들어갔다 나오는데 짧게는 몇 분이지만 길게는 몇십 분씩 있
   을 수 있다.

17. 어릴 때는 자기는 들어가 봤다며 자랑하기도 한다.

18. 너무 나이가 들면 잘 안 들어가게 된다.

19. 사람들이 들어갔다 나오는 얘기를 듣는 게 재미있다.

20. 몰래 들어가면 혼난다.

21. 항상 재미있는 곳만 찾아 들어가도 욕먹지 않는다.

22. 외국으로 여행가면 꼭 들어가 보고 싶다.

23. 막상 들어가 보면 우리 나라와 별 다를 게 없다.

24. 외국에서 아무리 들어갔다 와도 병에 걸릴 걱정이 없다.

25. 아무 곳에나 들어가도 병 걱정이 없다.

26. 들어오라고 매달리는 아줌마가 없다.

27. 들어가서 가만히 있으면 알아서 다 해주기도 한다.

28. 들어가기 싫으면 안 들어가도 된다.

29. 매일 의무적으로 들어갈 필요가 없다.

30. 안 들어온다고 화내지 않는다.

31. 일단 들어가면 다른 건 아무것도 생각이 안 난다.

32. 가끔은 옛날에 들어갔던 기억을 떠올리게 된다.

33. 그리고 다시 들어가 보고 싶어지기도 한다.

34. 다른 사람들이 많이 들어갔다 와서 추천해 준 곳을 들어갈 수
있다.

35. 사람들과 들어갔던 기억을 공유하며 얘기를 나눌 수 있다.

36. 처음 보는 사람들과 들어갔던 얘기를 나눠도 전혀 어색하지
않다.

37. 수많은 사람이 계속 들어가도 서비스는 변하지 않는다.

38. 들어가는 값이 상대적으로 저렴하다.

39. 들어가고 싶어서 억지로 잘 보일 필요가 없다.

40. 들어가기 위해 숙박료를 물지 않아도 된다.

41. 들어갔다 온 후에 다시 찾지 않아도 된다.

생각하는 컴퓨터

1. 한글 97을 띄운다.

2. '도구 유의어사전' 으로 들어간다.

3. '미친놈'을 친다.

비슷한말 : 광노

반대말 : 미친년

1. 한글 97을 띄운다.

2. '도구 유의어사전'으로 들어간다.

3. '개새끼'를 친다.

비슷한 말 : 개자식

참고할 말 : 강아지

니꺼 아닌데

금봉이는 한산한 지하철을 타고 어딘가로 가고 있었다. 심심했던 금봉은 지하철 안의 광고를 읽다가 지치면 연기자도 아니면서 유리창을 거울 삼아 이런저런 표정을 연습하면서 나름대로 무료함을 달래고 있었다. 그때 마침 금봉의 무료함을 달래줄 꽃사슴이 나타났다. 지하철이랑 전혀 안 친할 것 같은 여인이 탔던 것이다. 그 몸매에 그 미모는 왠지 서민적인 지하철과는 어울리지 않아 보였다. 때마침 금봉의 앞에 자리가 났고 금봉은 여인에게 자리를 양보해 주는 매너 있는 행동을 보여 주었다. 여인은 고맙다는 말과 함께 금봉의 앞자리에 앉았다. 여인은 피곤했는지 이내 잠들었고 금봉은 그녀의 잠든 모습을 보며 흐뭇해 하고 있었다.

그런데 다음 정거장에서 낮술을 먹은 백정머리에 시커먼 얼굴, 풀린 눈동자, 잡초 같은 수염, 이상한 냄새의 50대 아저씨가 등장한 것이었다. 그 아저씨는 그 많은 자리를 놔두고 하필이면 금봉에게 다가와 금봉이 잡고 있던 손잡이를 뺏고는 자리마저 차지해 버렸다. 서 있던 자리를 빼앗긴 금봉은 무척 화가 났지만 시비가 붙으면 피곤해질 것 같아서 순순히 자리를 내주었다. 그리고 금봉은 조금 조금 옆으로 이동하여 아름다운 꽃사슴 여인과 그 아저씨를 주시했다.

여인은 계속 꾸벅꾸벅 자고 있었고 그 아저씨도 만세 자세로 손잡이를 잡고 고개를 푹 숙이더니 서서 자는 묘기를 구사하기 시작했다.

몇 정거장 이런 상황은 계속되다가…….

그 아저씨의 입에서 걸쭉한 침이 엿가락처럼 늘어져 여인의 손등에 묻어버린 것이 아닌가! 그 사실을 아는지 모르는지 여인은 계속 잠을 자고 있었고 그 아저씨의 입에서는 계속해서 침이 흘러나오고 있었다. 그러다가 열차가 잠시 덜컹거리며 요동을 쳤고 그 움직임에 여인이 그만 잠에서 깨고 말았다.

잠에서 깬 그녀는 손등에 묻은 침을 보고는 자기가 흘린 것인 줄 알고 주위를 잠시 살피더니 잽싸게 손등을 입으로 가져가서…….

"스ㅇㅇㅇ웁"

완전히 흡수해 버렸다!!!

고해성사

한 소녀가 성당에 가서 고해성사를 했다.

"신부님, 전 어제 남자친구에게 'X새끼'라고 욕을 했습니다."

"왜 그랬지요?"

"그 친구가 제 손을 만졌거든요."

"이렇게요?"

하며 신부가 소녀의 손을 만졌다.

"예."

"그것으로 욕을 하는 건 잘못입니다."

"하지만 그 친구가 제 가슴도 만졌어요."

"이렇게요?"

하며 신부가 소녀의 가슴을 만졌다.

"예."

"그것도 욕을 할 이유는 되지 않습니다."

"하지만 그 친구가 제 옷을 벗겼어요."

"이렇게요?"

하며 신부가 소녀의 옷을 벗겼다.

"예."

"그래도 욕을 하면 안 됩니다."

"하지만 그 친구가 자기 물건을 제 그곳에 넣었어요."

"이렇게요?"

하며 신부가 소녀의 몸에 올라탔다.

"예."

"그래도 욕을 하는 것은 잘못입니다."

"하지만 그 친구는 AIDS에 걸렸는데요?"

그러자 신부는 황급히 몸을 빼며 소리쳤다.

"X새끼."

허생전 – Starcraft Version –

옛날 남산 자락에 허생이라는 사람이 살고 있었다.

그가 집안을 돌보지 않고 스타를 공부한 지 어언 7년째가 되던 날. 근근이 바느질로 생계를 이어오는 허생원의 아내가 불만을 터트렸다.

"당신은 어떻게 된 게 허구헌날 집구석에서 컴퓨터만 부여잡고 있는거요? 하다못해 겜방 알바라도 못하시나요?"

"내가 워낙 밤샘에 약한 체질이라 어떻게 하겠소?"

"그러면 용산 가서 백업CD 장사라도 못하시나요?"

"내가 워낙 장삿술이 없는지라 어떻게 하겠소?"

"7년 간 앉아서 공부한 게 겨우 '어떻게 하겠소?' 라는 소리란 말이오?"

아내의 불평을 듣던 허생이 탄식하며 일어났다.

"내가 스타를 10년 공부하기로 마음먹었으나 7년째 공부로 그

치는구나!"

하고는 집을 떠나 도시로 내려왔다. 막상 도심에 나온 허생은 어떻게 해야 할지 막막했다. 그냥 길가는 사람을 붙잡고 장안 제일의 부자가 누구인지 물었다.

"이보시오. 장안 제일의 부자가 누구요?"

"아마 게임방을 하는 변씨일 겁니다."

허생은 다짜고짜 변씨의 게임방을 찾아갔다.

"돈 10냥만 빌려 주시구랴."

"그러시오."

흔쾌히 10냥을 빌려주는 변부자를 보며 겜방 알바들은 의해 했다.

"사장님, 저 사람은 행색이 남루하고 없어 보일진대 거금 10냥을 그렇게 흔쾌히 내어주십니까?"

"너희들이 알 바 아니다. 내가 그를 유심히 관찰해 보니 오른손 집게손가락이 유난히 발달하여 마우스 컨트롤에 능해 보였으며, 눈의 초점 또한 여러 곳이라 동시에 여러 개의 멀티를 살필 수 있느니라."

돈을 구한 허생은 단돈 10냥으로 각종 스타크래프트 대회를 석권하며 떼돈을 벌었다. 허생은 그 돈으로 새 겜방을 차려 베틀넷의 온갖 치터들과 디스커넥터들을 불러모았다.

"이제부터 너희는 이 겜방에서 알바하며 새 삶을 살아라. 중요한 것은, 신입이 있거든 절대 베넷 1승이라도 높은 사람을 공경하고, 리버드럽에 쫄지 말 것이며, 항상 왼손은 키보드에 오른손은 마우스에 놓도록 가르쳐라."

허생은 그 길로 겜방을 나와 남은 돈을 한강에 뿌리고 곡식만 약간 사서 집으로 돌아왔다. 때마침 베틀넷에서는 한국 스타크래프트 유저들이 치트짓과 디스커넥질로 악명이 높아 '한벌론'까지 대두되고 있었다.

이에 한국의 뜻이 어떠한지 알기 위해 세계 고수 중의 하나인 질리어스가 한국의 허생을 찾아왔다.

"미스터 허, 한벌론에 대해 어떻게 생각하시오?"

"질리어스, 내가 묻는 세 가지 질문에 대답할 수 있겠는가?"

"무엇이오?"

"자네는 고스트 12마리로 캐리어 1부대 모두를 락다운 걸 수 있는가?"

"어렵습니다."

"그럼 스카웃 1부대로 배틀크루져 1부대를 상대할 수 있는가?"

"어렵습니다."

"그렇다면 겜 시작 3분 내에 패스트 뮤탈을 띄울 수 있는가?"

"어렵습니다."

그러자 허생이 발끈했다.

"어디서 감히 한벌론을 논하는가? 나의 세 가지 질문에 모두 어렵다고 말하면서 어떻게 한벌론을 말할 수 있단 말이냐? 너같이 거만한 녀석들은 모두 목을 쳐야 한다."

하며 허생은 팔등에서 사이언 검을 뽑아들었다.

놀란 질리어스는 허생의 집에서 뛰쳐나왔다.

며칠 후 질리어스가 허생을 다시 방문했는데, 허생은 온데간데없고 방에는 약간의 미네랄과 베스핀 가스만 남아 있었다 한다.

레코드 가게에서 한 줄로 웃기기

"아저씨! 에초티 라이브 앨범 나왔나요?"

조성모의 뮤비 '아시나요'의 비밀

화염방사기를 쏘다가 폭파되어 죽는 신과 조성모가 나중에 벙커에서 죽는 신.

그것은 마린 한 명이 저글링에게 포위 당하는 '부르드워 오프닝'의 표절이다.

밝힘증 남자 구별방법

1. 첫 만남
- 순진한 남자는 처음 여자를 만나서 인사를 할 때 간단히 목 인사만 하지만, 밝히는 남자는 반드시 악수라는 형식으로 손부터 잡아보고 시작한다.

2. 데이트
- 순진한 남자는 데이트를 할 때 저녁을 먹고 커피를 마시지만, 밝히는 남자는 저녁을 먹고 술을 마신다.

3. 이야기
- 순진한 남자는 상대방 여자의 눈을 보면서 혹은 입을 보면서 이야기 하지만, 밝히는 남자는 여자의 가슴 아래를 보면서 이

122

야기한다.

4. 영화
– 순진한 남자는 여자가 영화를 보고 싶다고 말하면 예약을 해
서라도 개봉관으로 데리고 가지만, 밝히는 남자는 일부러 매
진되는 곳만 골라서 다니다가 어쩔 수 없다고 하면서 비디오
방으로 데리고 간다.

5. 구두
– 순진한 남자는 여자와 같이 걸어가다가 여자의 구두 굽이 부
러지면 구두를 들고 뛰어가서 얼른 구두 굽을 고쳐 가지고 오
지만, 밝히는 남자는 아무 말 없이 여자를 등에 업고 구두를 고
치러 천천히 걸어간다.

6. 키스
– 순진한 남자는 여자와 키스를 할 때 여자 입술의 루즈가 지워
질까봐 조심스럽게 하지만, 밝히는 남자는 아무리 빨간 루즈
라도 다 먹어버린다.

7. 첫 관계

– 순진한 남자는 사귀는 여자와 첫 관계를 하는데 지극히 정상
적인 방법을 택하지만, 밝히는 남자는 여러 가지를 계속 요구
한다.

8. 이별

– 순진한 남자는 여자와 인연이 다되어 이별을 하는데 그냥 잘
살라고 악수만 하고 헤어지지만, 밝히는 남자는 끝까지 한 번
더 안아보고 헤어진다.

총각과 유부남 구별법

– 화장실에서 볼일을 보고 손을 씻으면 총각.
화장실에서 손을 먼저 씻고 볼일을 보면 유부남.
– 여자를 꼬시려고 술을 마시면 총각.
술을 마셔야 여자를 꼬시려는 생각이 들면 유부남.
– 미장원에서 머리 자르면 총각.
이발소에서 머리 자르면 유부남.
– 여행이란 단어를 듣고 배낭을 생각하면 총각.
퇴폐, 묻지 마 등의 단어가 생각나면 유부남.
– 길을 걷다 엄마 등에 업힌 아이를 귀엽다고 말하면 총각.
거들떠보지 않으면 유부남.(제 자식만 최고)
– 여자 연예인의 얼굴을 모르고 이름만 아는 경우는 총각.
이름은 전혀 모르고 몸매와 얼굴만 기억나면 유부남.

- 지하철에서 잡상인의 상행위를 거들떠보지도 않으면 총각.

  귀기울여 들으면 유부남.
- 임신이라는 단어를 듣고 갑자기 하늘이 노래지면 총각.

  입이 함지박만큼 벌어지면 유부남.
- 신용카드대금, 이동통신요금, 학원수강비 등이 생각나면 총각.

  그 외 전기 가스비, 대출이자, 교육 보험, 자동차세, 외상값, 계돈, 일수, 상조회비 등이 더 생각나면 유부남.
- 연휴 때 유원지가 먼저 생각나면 총각.

  처갓집이 먼저 떠오르면 유부남.
- 추적 60분 등 시사고발 프로그램을 재미있게 보면 총각.

  자신이 나올까 봐 불안에 떨면서 보면 유부남.
- 하얀 색 속옷(일명 난닝구)을 잘 입지 않으면 총각.

  입은 채로 집 앞 큰길까지 나갈 수 있으면 유부남.
- [당근= 당연하쥐~]라는 등식이 성립되면 총각.

  [당근= 술안주= 미스 리] 라는 등식이 성립하면 유부남.
- '6천원으로 8억을 벌수 있다' 는 메일을 읽지 않고 삭제하면 총각.

  꼼꼼히 읽어보면 유부남.
- '주2회' 라는 말을 듣고 술을 생각하면 총각.

  이상야릇한 생각을 하면 유부남.

여자도 여자나름

* 남자가 말 걸어오면

예쁜 여자 – 그냥 부담 없이 튕긴다.

폭탄 여자 – 불안과 초조에 떨면서 튕긴다.

* 옷을 살 때

예쁜 여자 – 디자인을 보고 옷을 고른다.

폭탄 여자 – 사이즈(size)를 보고 옷을 고른다.

*삐삐가 오면

예쁜 여자 – 번호보고 아는 번호라도 골라서 연락한다.

폭탄 여자 – 모르는 번호라도 버스나 지하철에서 내려서 5분 안
　　　　　　에 연락한다.

*술을 먹을 때

예쁜 여자 – 필름이 끊기는 급박한 상황이 와도 기필코 집으로
　　　　　　배달된다.

폭탄 여자 – 집에서 먼 곳에서 먹으면 가끔씩 버려진다.

*남들이 쳐다보면

예쁜 여자 – 당연한 듯 시선을 무시한다.

폭탄 여자 – "얼굴에 뭐 묻었나?" 거울을 꺼낸다.

* 공부를 잘하면

예쁜 여자 – "얼굴도 예쁜데 공부도 잘한다"고 그런다.

폭탄 여자 – "공부라도 잘해야징~" 그런다.

*공부를 못하면

예쁜 여자 – "공부는 뭐~ 못할 수도 있지" 그런다.

폭탄 여자 – 도대체 잘 하는 게 뭐냐구들 그런다. 뭐든지 용서가
　　　　　 안 된다.

*바퀴벌레를 보고 소리를 지르면

예쁜 여자 – 놀라게 한 바퀴벌레를 원망한다.

폭탄 여자 – 안 잡고 뭐 하냐면서 구박한다.

*무거운 걸 들고 있으면

예쁜 여자 – 다들 뭘~ 이렇게 무거운 걸 드냐고 서로 들어주려
　　　　　 고 그런다.

폭탄 여자 – 전부 쟤는 힘도 좋다고 칭찬만 한다.

*남자랑 같이 있으면

예쁜 여자 – 모든 남자들이 부러운 듯 쳐다본다.

폭탄 여자 – 모든 남자들이 측은한 눈초리를 보낸다.
　　　　　 아니면, 저 남자는 전생에 무신 죄를 지었을까 생각
　　　　　 해 본다.

*빨간 립스틱을 바르면

예쁜 여자 - 넘~ 섹쉬하다구 난리다.
폭탄 여자 - 모두들 쥐잡아 먹었냐구 물어본다.

*화를 내면
예쁜 여자 - 장미에 가시라는 둥 하면서 예쁘게 봐준다.
폭탄 여자 - 성질 더럽다구들 그런다.

*꽃을 들고 있으면
예쁜 여자 - 꽃과 구별이 안 간다.
폭탄 여자 - 꽃만 튀어 보인다.

*나이트에 가면
예쁜 여자 - 들어서자마자 부킹이 들어온다.
폭탄 여자 - 들어가기도 전에 수질검사를 당한다.

*결혼할 나이가 되면
예쁜 여자 - 혼수를 걱정한다.
폭탄 여자 - 성형수술비를 걱정한다.

*남자의 요구에 튕기면

예쁜 여자 - 당연한 듯 생각한다.

폭탄 여자 - 뭐 믿고 튕기는지 뒤를 의심한다.

*화장을 진하게 하면

예쁜 여자 - 화장 안 해도 예쁘다고 그런다.

폭탄 여자 - 좀 더 가려서 분장이나 변장을 하라구 그런다.

*치마를 입으면

예쁜 여자 - 한 번쯤 돌아본다. 눈이 즐겁다.

폭탄 여자 - 요즘에는 골프(박세리) 잘 치냐구 물어본다.

*결혼을 하면

예쁜 여자 - 어떻게 결혼했는지 물어 본다.

폭탄 여자 - 뭘 보고 데려 갔는지 물어 본다.

*아이를 낳으면

예쁜 여자 - 엄마를 닮았는지 물어 본다.

폭탄 여자 - 아빠 쪽을 닮았기를 바란다.

*결혼 후엔

예쁜 여자 - 미시족이 된다.

폭탄 여자 - 아줌마 부대가 된다.

여대생과 직녀

1) 장래의 꿈

여대생 : 멋진 커리어우먼이 되고 싶다.

직녀 : 가정주부가 부럽다.

2) 직장관

여대생 : 내 재능을 마음껏 펼칠 수 있고 봉급도 많고 안정적인
　　　　직장이 좋다.

직녀 : 남자 사원만 많으면 된다.

3) 친구로부터 "백일 됐어."라는 말을 들으면

여대생 : 걔 만난 지 벌써 백일 됐니? 오래 가는구나.

직녀 : 애는 잘 크지?

4) TV에 S.E.S.가 나오면

여대생 : 귀여운 춤과 노래를 따라한다.

직녀 : 나도 저런 귀여운 딸을 낳고 싶다.

5) 유머

여대생 : 최신 유머를 달달 외고 있다.

직녀 : 우리 회사에서 최근 유행하고 있는 유머는,
　　　　"컴퓨터 하드가 망가졌나봐."
　　　　"하드가 안 되면 아이스크림으로 해."

6) 남녀평등에 관하여

여대생 : 남녀불평등을 실제로 체험해 본 적은 별로 없어도 남녀
평등을 부르짖는다.

직녀 : 불평등한 현실을 뼈저리게 느끼게 되지만 한편으로는 남
자가 더 불쌍해 보인다. 매일 상사한테 월급은 쥐꼬리만하
고.

7) 화장

여대생 : 화장 안 해도 예쁘다.

직녀 : 화장하고 출근했는데도 안 하고 회사 다니냐고 상사가 핀
잔준다.

8) 엄마의 진심

여대생 : 우리 딸 너무 예뻐서 남 주기 아깝다.

직녀 : 요즘 남자들은 얼굴보고 직장 있는 여자를 선호한다는 앙
케이트에 안심하신다.

9) 음식

여대생 : 스파게티가 제일 맛있다.

직녀 : 술 먹은 다음날은 북어국이 제격이다.

10) 군인을 보면

여대생 : 군대 간 남자친구가 생각나 슬프다.

직녀 : 저렇게 어린 것들이 나라를 지키고 있다니 너무 불안하다.

공학과 여고의 차이점

* 슬픈 멜로 영화를 본다.

공학) 구슬 눈물을 흘리며 손수건으로 훔친다.

여고) 닭똥 눈물 흘리며 눈 다 팅팅 붓는다. 그래도 상관없다. 어
차피 여자뿐인걸.

* 화학실에서

공학) 신중히 그리고 열중하여 학구파적인 모습이 보인다.

여고) 설탕인가 소금인가 직접 구별한다. 죽을 뻔한 년도 있다.

* 더운 날, 쓰러진다.

공학) "어머~어떻게 해!" 하며 구경한다.

여고) "미친년, 또 쓰러졌네!" 하며 들쳐업는다.

* 피구하다가 공에 맞았다.

공학) 스쳐도 아파하며 서글피 운다.

여고) "맞음 땡이지" 하며 맞힌 사람에게 공 맞추고 나간다.
파워는 두 배.

* 방송에서 클래식이 나온다.

공학) 음...... 이거 모차르트꺼 맞지? 난 이 부분이 제일 좋아.

여고) 밥 먹다 말고 뛰쳐나가서 음악 튼 방송부원 조져버린다.

* 방송에서 테크노나 유행가요가 나온다.

공학) 조용히 따라 부르거나 좌우로 살래살래 몸을 흔든다.
여고) 광란의 테크노를 밥 먹다가 흔든다.

*머리 모양
공학) 긴 생머리나 깔끔한 세미길이.
여고) 다 필요 없다. 우린 오로지 후까시다.

* 제일 친한 친구가 차였다.
공학) 달래준다.
여고) 같이 울면서 친구끼리 모여 그 새끼 죽여버려야겠다는 둥
    난리다.

* 좀 난폭한 액션영화를 보고 있다. 형사가 범인을 패고 있다.
공학) 어머! 어떡해! 너무 아플 꺼 같아! 어쩜조아……. 잉~
여고) 씨발. 그 새끼 좀 더 조져버려! 그렇게 해서 어디 죽겠어?

* 개학 첫날 말거는 법
공학) 너 어디서 많이 본 애 같다. 이름이 뭐니?

여고) 야, 니 후까시 예쁘다. 어떻게 띄었냐?

* 점심 시간
공학) 깨죽깨죽 짜증나게 먹는다.
여고) 그런 게 어디 있냐. 누가 고기반찬이라도 싸오면 그날은 완
전 피 본다.

* 쥐가 등장한다.
공학) (좀 무서운 미모의 여인) "까악~~~~ 쥐얏!!"
여고) (매우 귀여운 여인) 뭐야 미키잖아? 그리고 양동이에 가둬
놓고 정성스레 키운다.

이럴 때 죽고 싶다

1. 여자친구가 좀 통통한 듯 싶어 다이어트 시켰는데 가슴살만
   빠질 때.
2. 안 되겠다싶어 다이어트 그만두게 했더니 가슴은 그대로고 배
   만 더 나올 때.
3. 또 안 되겠다싶어 다이어트 시켰더니 나온 배 안 들어가고 가
   슴살만 더 빠질 때.
4. 결국 옆에서 보면 가슴보다 배가 더 많이 나왔을 때.
5. 간만에 여자친구한테 잘 보이려고 이태리제 고급향수 뿌리고
   나갔는데 여자친구 코감기 걸렸을 때.
6. 그런데 여자친구가 사람 많은 곳에서 창피하게 휴지에 대고

코 팽팽 풀면서 다닐 때.

7. 결국 여자친구가 휴지 다 쓰고 나서 코 질질 흘리고 다닐 때.

8. 스타크래프트 할 때 저글링만 400마리 만들어서 쳐들어갈 준비하고 있는데, 상대편에서 배틀크루저랑 비행기만 우르르 쳐들어왔을 때.

9. 너 죽고 나 죽자는 마음으로 저글링 400마리 상대편한테 보냈는데, 상대방 테란이 기지 다 띄웠을 때.

10. 길거리에서 덩 마려운데 화장실이 안 보일 때.

11. 화장실 간신히 찾았는데 화장지 없을 때.

12. 화장지 간신히 구해서 들어갔더니 덩 안 나오고 방귀만 나올 때.

13. 씁쓸한 마음에 밖에 나와 방귀 마려워서 방귀 꼈더니 덩 나왔을 때.

14. 맘에 드는 예쁜 여자 있어서 술 먹여서 엉큼한 짓 하려는데 여자가 술에 안 취할 때.

15. 그런데 내가 먼저 개로 변신하여 필름 끊기도록 맛 갔을 때.

16. 다음날 정신차려보니 옷 벗겨져 있어 이게 웬일이냐고 물었더니 그 여자가 째려보며 너 어젯밤에 바지에 오줌쌌다고 지랄할 때.

17. 오늘 퀸카들과 미팅이 있어서 정장 쫙 빼 입고 향수 뿌리고 현관문 나서는데, 엄마가 "나가면서 여기 쓰레기 봉투 좀 밖에 내다놔라." 하실 때.

18. 쓰레기 봉투에서 국물 뚝뚝 떨어져 조심스레 피하면서 들고 가는데, 결국 쓰레기 봉투 찢어져서 옷이랑 신발 다 버

렸을 때.

19. 길에서 깡패 3명이 인상 박박쓰며 돈 달라고 지랄할 때.

20. 돈 없다고 우기는데 10원에 한 대씩 때린다고 해서 어쩔 수
    없이 전 재산 530원 다 꺼내서 줬을 때.

21. 깡패들이 확인한다고 내 몸 뒤졌는데 나도 몰랐던 30원이 나
    와서 3대 더 맞았을 때.

엽기 고문법

1. 남자 고문하는 법(하나)

(1) 의자에 몸을 묶는다.

(2) 잘 빠진 1,000명의 여자를 준비한다.

(3) 그 여자들이 옷을 벗기 시작할 때쯤 눈을 가린다.

2. 남자 고문하는 법(둘)

(1) 방에 가둔다.

(2) 심하게 야한 비디오와 잡지들을 넣어준다.

(3) 두 손을 뒤로 묶어버린다.

엽기적 축구해설

* 이기고 있을 때

— 상대국이 이길 때 : "치사하게 시간 끌기를 하는군요. 저런 선
  수는 당장 퇴장시켜야 해요."

— 우리 나라가 이길 때 : "좋아요! 체력을 아낄 필요가 있어요. 시

간을 벌어주고 있어요. 아주 노련미가 돋보이는 선수군요."

* 원정게임에서 지고 있을 때
- 상대국이 질 때 : "저 선수들 시차 극복은 선수의 기본이란 걸
  알려주고 싶군요."
- 우리 나라가 질 때 : "안타까워요. 아주 안타까워요. 역시 시차
  때문에 선수들 컨디션이 안 좋은 것 같아요. 시차 때문에 초반
  에 실력이 안 나와도 후반에는 나오겠죠."

* 핸들링
- 상대국이 범했을 때 : "손을 썼어요! 축구는 발로 하는 경기라
  는 걸 모르는 것 같아요."
- 우리 나라가 범했을 때 : "손에 맞았어요. 아주 절묘한 찬스였
  는데 공이 손에 맞았어요. 공이~"

* 반칙
- 상대국이 범했을 때 : "저런 페어플레이 정신에 어긋난 행위는
  안돼요."
- 우리 나라가 범했을 때 : "오~ 아주 중요한 순간에 잘 잘랐어
  요. 상대방 분위기를 잘 꺾었어요."

*심판의 오판
- 상대국에게 불리한 오판 : "심판도 사람이죠." 실수할 때가 있
  습니다."

– 우리 나라에게 불리한 오판 : "심판이 눈이 멀었어요! 심판에
    게 경고를 줄 수 있다면 퇴장감이죠."

*크로스바를 맞고 나온 볼
– 상대국이 했을 때 : "하하! 행운의 여신이 우리 쪽으로 기우네
    요."
– 우리 나라가 했을 때 : "운동장 사정이 안 좋아요. 미끄러워 발
    을 조금 헛디딘 거죠. 그러나 위협적이었어요. 골키퍼 간담이
    써늘할 거예요."

슬픔, 분노 그리고 쇼킹

1. 슬픔 – 100원 남은 동전을 오락기가 삼킬 때.
2. 분노 – 아줌마한테 얘기하니 거짓말 말라며 100원 안줄 때.
3. 쇼킹 – 옆에 있는 꼬마들이 거지라고 놀릴 때.

1. 슬픔 – 차 창문이 열린 줄 알고 담배꽁초를 창문에 던질 때.
2. 분노 – 담배꽁초 떨어져 바지가 타고 있을 때.
3. 쇼킹 – 너무 뜨거워 차 핸들 놓쳐 가로수를 들이받을 때.

1. 슬픔 – 미팅 나갔는데 방귀가 나오려 할 때.
2. 분노 – 10분 간 간신히 참았는데 웃다가 나와 버릴 때.
3. 쇼킹 – 어느 순간 덩과 함께 나와 버린 것을 알았을 때.

1. 슬픔 – 술 먹고 휴대전화 잃어버릴 때.
2. 분노 – 내 전화에 전화하니 통화중일 때.
3. 쇼킹 – 다시 전화해서 주인이 나라고 말하니 상대가 "그런데?"라고 할 때.

1. 슬픔 – 빵을 먹는데 빵 속에서 개미가 날 쳐다보며 웃을 때.
2. 분노 – 더러워서 이 닦는데 칫솔에서 개미가 웃으며 나올 때.
3. 쇼킹 – 이 닦고 나오는데 내가 버린 빵 먹고 있는 동생 봤을 때.

엽기적인 음모 이론

파파 스머프는 공산주의자였다.

이 음모 이론의 요지는 러시아 공산주의자들이 자본주의 사회의 어린이들에게 스머프란 만화를 통해 공산주의 이념을 심어주며, 후에 러시아가 서구를 침략할 때 성인이 된 그들이 느낄 수 있는 거부감을 줄이려 한다는 것.

다음은 이 음모이론에서 내세우는 증거들이다.

증거 하나.

S.M.U.R.F는 다름 아닌 Socialist Men Under Red Father 의 약자이다.

증거 둘.

스머프의 사회는 공산주의자가 이론적으로 지향하는 사회와 완벽하게 일치한다. 가령, 스머프 사회에서 '화폐'가 통용되지 않고, 모든 것이 공평하게 분배되며, 게다가 하얀 바지에 모자 등 옷도 똑같이 차려 입는다. 이것은 사회의 구성원이 똑같이 중요하고 동등하게 취급받아야 한다는 공산주의의 원리를 대변하는 것이다.

증거 셋.

스머프 사회에서 모든 스머프들은 행복하고 완벽해 보이며, 범죄도 존재하지 않는다. 이것은 공산주의가 완벽한 사회라는 생각을 은연중에 어린이들의 머리에 심어주려는 것이다.

증거 넷.

스머프 사회에서 미움받는 존재가 둘 있는데, 바로 탐욕이와 허영이다. 탐욕이는 욕심이 많은 전형적인 자본가, 허영이는 '호모'를 상징한다.

공산주의 사회에서는 자본가와 호모의 존재가 인정되지 않는다.

또한, 스머프 사회에서 가장 가치있는 존재는 대장장이로 묘사된다. 대장장이는 바로 열심히 일하는 노동자를 대변한다.

증거 다섯.

덥수룩한 턱수염을 가진 파파 스머프는 스탈린, 안경을 쓴 똘똘이 스머프는 트로스키를 닮았다.

증거 여섯.

스머프를 녹여 황금을 만들 생각에 여념이 없는 가가멜은 돈만 밝히는 유태인, 가가멜의 애완동물 아즈라엘은 바로 멍청하고 게으른 미국의 정치인을 상징한다.

그리고 이것은 부유한 유태인이 좌지우지하는 미국의 정치현실을 대변하는 것이다.

냉장고와 여자의 간단한 차이점

냉장고 : 물렁한 고기가 들어가서 딱딱해져서 나온다.

여자 : 딱딱한 고기가 들어가서 물렁한 고기가 되어서 나온다.

남자와 여자

1. 길거리에서 여자가 맘에 드는 남자를 따라간다.

그 여자는 적극적인 여자가 된다.

길거리에서 남자가 맘에 드는 여자를 따라다닌다.

그 남자는 껄떡이, 치근덕, 스토커가 되어 욕을 바가지로 먹는다.

하지만 남자도 좋아하면 그럴 수 있다.

2. 남자화장실에 여자가 들어간다.

당연히 있을 수 있는 실수로 받아들여지고 애교로 봐준다.

여자화장실에 남자가 들어간다.

바로 잡혀간다. 변태로 낙인찍힌다.

하지만 남자도 실수한다.

3. 여자가 "아~~잉" 하고 애교를 떤다.

아아……귀엽다……. 죽으라고 해도 들어준다.

남자가 "아~~잉" 한다.

오~쉿! 너 일루 와 봐.

칼 맞는다.

하지만 남자도 그럴 수 있다.

4. 여자가 어린 남자애의 고추를 보고 만지작거린다.

여자라면…… 모성애다.

남자가 여자애의…………한다.

천하의 애비, 애미 없는 나쁜 새끼. 로리타 콤플렉스다.

하지만 남자에게도 부성애가 있다.

5. 여자가 10살 어린 영계남(명계남 아님)과 사귄다.

능력 있다. 주위의 시선에 여자의 콧대는 하늘을 찌른다.

남자가 10살 어린 영계녀와 사귄다.

불륜새끼. 도둑놈이라고 한다.

하지만 남자도 사랑한다면 그럴 수 있다.

6. 대학, 회사에서 여자 선배가 신입의 엉덩이를 두들긴다.

격려, 독려에 가슴이 찡하다. 남자선배가 신입여성의 엉덩이를 두들기며 격려하면 공중전화 응급통화를 누르고 "112"를 누른다.

하지만 남자도 격려할 수 있는 거다.

7. 여자가 빨래 줄에 걸린 남자 속옷을 걷으면 "아, 가정주부가 빨래했구나."라고 한다.

남자가 여자 속옷을 걷고 있는 걸 보고 있으면 "저 새끼 변태다~!!!" 라고 한다. 하지만 남자도 빨래한다.

엽기 룸메이트 되기

1. 머리카락을 조금 얻어온다.

그리고 룸메이트가 잘 때, 그의 주변에 뿌린다.

그리고는 아침에 그를 보며 '사각사각' 가위질을 한다.

2. 팔 안쪽에 작고 검은 점을 하나 그린다.

매일 점을 더 크게 그리면서 룸메이트에게

"헉! 번지고 있어, 번지고 있어."라고 중얼거린다.

3. 칼을 몇 자루 산다.

그리고는 밤마다 칼을 갈면서 룸메이트를 쳐다보곤 중얼거린다.

"얼마 안 남았어, 얼마 안 남았어."

4. 수백 개의 볼펜이나 연필을 모아 방의 한 쪽에 모아둔다.

하나만 방의 다른 쪽에 두고 손가락질하면서 웃는다.

5. 감자를 모은다. 각각 그림을 그리고 이름을 붙인다.

하나를 룸메이트의 이름으로 부르고 딴 감자들과 떨어뜨려 놓는다. 며칠을 기다리다 룸메이트의 감자를 쪄먹고 룸메이트에게 말한다.

"여긴 그 놈이 있을 곳이 아니야."

6. 진공청소기를 방 한가운데다 둔다.

며칠 간 두려운 눈으로 그것을 쳐다본다.

그리고 룸메이트가 있을 때 방문을 살짝 열고 물어본다.

"쉿! 그 놈 갔냐?"

7. 빈 벽에다 다트 던지기를 한다.

한두 시간 후에 갑자기 소리를 지르며 좋아하면서 말한다.

"이야호! 정 가운데를 맞췄어!!"

8. 룸메이트의 중요한 물건 하나를 훔친다.

혹시 물어보면 그것을 요술 콩과 바꿨다고 하고 그에게 콩 몇 개를 건넨다.

9. 룸메이트가 들어올 때 전화를 하고 있는 척 한다.

소리를 지르고 전화에 대고 온갖 욕을 하고 끊는다.

그리고는 "니네 엄마야. 다시 전화한대."라고 말한다.

10. 모든 짐을 챙겨서 한 달 간 복도에서 생활한다.

한 달 후 다시 방으로 돌아와서 "자, 이제 니 차례야"라고 말한다.

11. 잠자리에 들 때마다 안경을 쓰고 아침에 일어나면 벗는다.

룸메이트가 물어보면 매직 드림 안경이라고 한다.

그리고는 악몽을 꾸었다고 불평한다.

12. 룸메이트가 나간 사이에 문을 잠그고 그가 돌아와 문을 열려고 할 때 "들어오지 마! 나 벗고 있어!"라고 외친다.

이 과정을 수 차례 반복한다.

그리고 결국 룸메이트를 들어오게 할 때 옷을 다 벗고 아무 일도 없다는 듯이 행동한다.

13. 아침마다 새도우 복싱을 한다.

어느 날, 실망한 얼굴로 돌아와 자신의 그림자가 다쳐서 더 이상

나랑 복싱을 할 수 없다고 말한다. 그리고는 룸메이트에게 그의 그림자와 복싱을 해도 되느냐고 물어본다.

14. 룸메이트가 방에 들어올 때마다

"우와! 너 돌아왔구나!!"

라고 소리치며 5분 간 방을 돌며 춤을 춘다.

그리고 나중에 시계를 힐끔힐끔 쳐다보며

"너 어디 가야 되지 않냐?"라고 물어본다.

15. 꽃나무를 하나 사서 밤에 잠도 같이 자고 얘기도 한다.

약 한 달쯤 후에 그것에게 "너랑은 더 이상 같이 살 수 없어!!"라고 외치고, 문을 쾅 닫고 나간다.

방에다 화분을 남긴 채 꽃나무만을 버리고, 룸메이트에겐 더 이상 꽃나무에 대해 언급하길 꺼려 한다.

16. 맥도날드 '런치스페셜'을 사서 휴지와 빨대만 먹고 나머진 다 버린다. 일주일 간 계속한다.

17. 룸메이트가 나간 사이에 신발을 한 켤레 천장에 붙인다. 그리고 룸메이트가 들어오면, 방바닥에 엎드려 머리를 잡고 신음하며 말한다.

"이런……천장을 걷다가 그만 떨어졌지 뭐야……."

18. 독거미가 든 유리병을 3일 간 방 안에 둔다.

그리고 독거미를 없애고 빈 병만 놔둔다.

룸메이트가 물어보면 "응, 방 안 어딘가에 있을 거야"라고 무심히 말한다.

19. 룸메이트에게 "너에게 전해줄 아주 중요한 말이 있어."라고 말하고 기절한 척 한다. 깨어나서는 그것이 무엇이었는지 기억이

안 난다고 한다. 다음날 "생각났다!!" 하고는 다시 기절한다.

이것을 몇 주간 반복한다.

20. 룸메이트에게 꽃을 보낸다.

"미안해. 다신 이런 일들 업을 거야." 란 카드와 함께 룸메이트가 꽃을 받고 카드를 읽으면 꽃들을 발기발기 뜯기 시작한다. 몇 주간 계속한다.

엽기적 낙엽시리즈

[1편]

낙엽이 떨어지네.

낙엽을 주워들었네.

낙엽이 속삭이네.

"내려와 십쉐이."

[2편]

낙엽을 내려놓았네.

낙엽이 다시 속삭이네.

"쫄았냐 병신."

[3편]

황당해서 하늘을 보았네

하늘이 속삭이네.

"눈 깔어 십쉐이."

[4편]

하도 열 받아 그 낙엽을 발로 차버렸네.

낙엽의 처절한 비명과 들리는 한 마디.

"저 그 낙엽 아닌데여."

[5편]

미안한 마음에 낙엽게게 사과를 하고

돌아선 순간 들리는 한 마디······.

"순진한 쉐이, 속기는······."

모범생과 날나리의 차이(선새님들의 태도)

1. 체육시간에 한 골 넣었을 때

범생 : 오~ 운동까지 잘하는데?

反범생 : 힘이 남아돌아 가지고, 자식! 야~! 축구가 혼자 하는 건
줄 알어? 패스나 해!

2. 게임방에서 마주쳤을 때

범생 : 그래그래, 가끔은 머리도 식혀야지 적당히 하고 들어가.

反범생 : 니가 만날 이러구 다니는 거 니네 부모님도 아시냐, 앙?

3. 술 마신 거 걸렸을 때

범생 : 좋은 경험했어, 남자라면 그럴 수도 있지.

反범생 : 아주 퍼라 퍼~ 내일 부모님 소환!

4. 수업 시간 중 자다 걸렸으 때

범생 : 어제 무리했나 보구나. 그래도 수업은 해야지~ 가서 세수
　　　 하고 와.

反범생 : 나와 이 새끼야! 넌 좀 맞아야 깨!

5. 복도에서 뛰다 걸렸을 때

범생 : 급한 일 있니? 다치겠다 조심히 다녀라.

反범생 : 일루와, 일루와! 넌 오늘 제대로 걸렸어.

6. 토요일 종례시간에

범생 : 공부도 좋지만 건강이 최고야.

反범생 : 넌 놀다 내 눈에 띄면 아주 죽음이야!

7. 소지품 검사 시간에

범생 : (대충대충 뒤진다) 선생님은 너 믿는다~

反범생 : (속주머니까지 뒤진다) 너 이 자식 어디다 숨긴 거야!

8. 성적표 나눠줄 때

범생 : 일등! 부모님보고 선생님이 진로 상담 좀 하시자 그랬다고
　　　 전해드려라~

反범생 : 42등! 부모님보고 선생님이 문제가 심각하니까 상담 좀
　　　　 하자고 했다고 전해라~ 아, 그리고 끝나고 좀 따라와.

9. 방학식 날

범생 : 그래 방학 동안 열심히 공부하고, 가끔은 산이나 바다에
　　　 가서 맑은 공기 좀 쐬고 와라.

反범생 : 그래 방학 동안 그만 놀고 열심히 공부 좀 해.

10. 졸업식 날

범생 : 3년 동안 수고했다. 대학가서도 나 잊지 말고 자주 놀러와
　　　 라.

反범생 : 어휴~ 속이 다 시원하다. 사회 나가선 제발 사고 치지
　　　　 말아라.

거절

"도에 관심 있으십니까? 기운이 남다르시네요 안 좋은 기운이⋯⋯."

이놈들을 퇴치하는 방법을 가르쳐 드리겠습니다.

그 사람들은 여러 가지 유형으로 접근합니다.

1. 일단 길을 물어보는 척하면서 접근하죠.

그럼 첫눈에 알아봐야 합니다. 길을 물어보는 건지 치근덕대는 건지. 길을 물어보는 사람들은 "실례합니다." 하면서 뒷 얘기가 0.5초도 안돼서 이어집니다.

"실례합니다. 여기 종로타워 어느 거죠?"

그런데 그 놈들은 "실례합니다." 해놓고는 약간 뜸을 들입니다.

그럼 여기서 길을 물어보는 게 아니니까 미련 없이 바로 돌아서야 합니다.

절대 대답하지 말 것.

2. "도에 관심 있으십니까?" 이렇게 물어보는 놈들은 표준형입니다.

퇴치법은 여러 가지가 있습니다.

첫째로는, "네?" 방법.

뭐라고 물어봐도 "네?"라고 대답하세요.

똑같은 어투로, 사오정처럼, 그럼 그놈들도 질립니다.

전혀 무슨 말인지 모르겠다는 투와 아무 관심도 없다는 듯한 눈으로 말입니다.

"도에 관심 있으십니까?"

"네?"

"도에 관심 있으시냐구요."

"네?"

"기운이 참 남다르십니다."

"네?"

"기운이 남다르시다구요."

"네?"

"이 여자가 귀머거린가?"

"네?"

그리고는 바로 갈 길 가세요.

3. "안 좋은 기운이 있으십니다." 이놈들은 간단합니다.

"안 좋은 기운이 있으십니다."

"당신 만나려고 그랬나보지."

아니면 더 고약한 방법.

"안 좋은 기운이 있으십니다."

"당신도 마찬가지야."

.

4. "기운이 정말 남다르시네요." 이놈들은 약간 시간이 걸립니다.

"기운이 정말 남다르시네요."

"팔씨름 한 번 해볼까?"

"네? 그 기운 말구요, '기'라는 게 있잖습니까."

"팔씨름 안 할 거예요?"

"좋습니다. 해보죠."

"늦었어요."

갈 길 가세요.

5. "얼굴에 광채가 있으시네요." 이놈들은 호들갑이나 자학증세로
처치합니다.

"얼굴에 광채가 있으시네요."

"어머, 아침에 조금 바르고 나왔는데 아직도 번들거려요? 미치겠
네. 다른 화장품 써야 되겠다. 에이."

거울을 꺼내들고 보는 척하면서 계속 갈 길 갑니다.

6. "어디서 많이 보신 분 같은데." 이렇게 접근하는 놈들은 고단수
입니다.

여러분이라면 과연 어디서 많이 본 사람이라고 길거리에서 세우
겠습니까?

그러니까 이렇게 물어보는 놈들은 다 사기꾼입니다.

이 사람도 퇴치법은 간단합니다.

"어디서 많이 보신 분 같은데."

"점심 때도 이 자리에서 나 붙잡았잖아요. 오늘은 그만 하죠."

이러면 끝.

그리고 기타 여라가지 대응법들.

1. 반말로 대답해라

"도에 관심있으십니까?"

"아니."

"얼굴이 참 남다르시네요."

"고치면 될 거 아니야!"

"안 좋은 기운이 있으십니다."

"너도 마찬가지야."

만약 그쪽에서 기분 나빠한다면 다음과 같이 대답해라.

"공부가 아직 멀었군."

2. 표정은 무조건 무관심 하든가 딴청을 피워라.

"도에 관심있으십니까."

(졸린 눈으로) "비켜요."

"얼굴에 광채가 있으십니다."

(노래를 흥얼거린다) "사노라며언~"

"안 좋은 기운이 느껴지는데요."

(라이터를 꺼낸다) "불 드려요?"

3. 속여라, 무조건 속여라

"도에 관심 있으십니까?"

(그 사람 등 뒤를 보면서) "어? 오셨어요?" 후다닥~

"얼굴이 참 남다르십니다."

(놀라며) "아! 맞다! 그걸 놓고 왔네." 후다닥~

"어디서 많이 뵌 것 같은"

(휴대폰을 꺼낸다) "여보세요?" 후다닥~

153

4. 소리를 질러라.

"도에 관심 있으십니까?"

"까악~! 어딜 만져요!"

"얼굴이 굉장히"

"뭐 하는 놈이야!"

"어디서 많이……."

"뭐어라구요오?"

5. 제일 간단한 대답 말고 계속 빨리 걸어라.

"도에"

후다닥~

"얼굴이"

후다닥~

"어디서."

후다닥~

윈도우

이 얘기는 실화다.

최근의 한 컴퓨터 전시장에서, 빌게이츠는 컴퓨터 산업과 자동차 산업을 견주며 "만약 GM(제너럴 모터스) 사가 현재 컴퓨터 산업과 같은 수준을 갖추게 된다면, 그때에 우리는 아마도 1갤런만으로 1천 마일을 갈 수 있는 25달러짜리 차를 몰고 다닐 수 있게 될 것이다."라고 설명했다. 자동차 산업을 얕본 것이다.

이 발언에 대해 GM 사는 발끈해서 "여러분은 하루에 두 번 이상 멈춰버리는 차를 타고 싶습니까?"라는 공식 성명을 발표 하면서, 윈도우를 만드는 기술로 자동차를 만든다면 다음과 같은 일이 벌어진다고 주장했다.

1. 당신은 도로에 선이 그어질 때마다 자동차도 새로 사거나, 업그레이드해야 한다.

2. 당신의 차는 고속도로 한복판에서 이유 없이 시동이 꺼질 것이고, 이때 당신은 사태를 그냥 받아들인 후, 재 시동한 다음 다시 몰고 가야 할 것이다.

3. 차를 몰고 가다가 갑자기 멈춰버릴 수도 있는데, 이럴 때 당신은 엔진을 재 설치해야 하고, 마찬가지로 그러한 사태를 그냥 받아들이기만 해야 한다.

4. 오일 경고등, 연료 경고등, 발전기 경보등은 '치명적 오류'라는 기분 나쁜 경고 하나로 대체될 것이다.

5. 사고가 났을 때 에어백 시스템은 튀어나오기 전에 당신에게 이렇게 물어 볼 것이다.

"튀어나올까요?"

픽션보다 웃긴 엽기적인 논픽션

이태리 피사에 사는 'Romolo Ribolla'는 오랫동안 작업을 구하지 못해 장기 실업 상태에 있던 자신의 처지를 비관 권총을 대고 자살을 기도했다.

그 광경을 목격한 그의 아내가 1시간에 걸친 설득 끝에 간신히 그를 안정시키고 총을 내려놓게 만들었는데 울음을 터뜨리며 총을 마루 바닥에 내려놓는 순간 발사되어 애꿎은 아내가 총에 맞았다. 부인 사망.

벨기에의 안트베르프에서 도둑질을 하던 좀도둑이 주인의 신고를 받고 출동한 경찰을 피해 뒷문으로 다급히 빠져나간 다음 발목을 붙잡는 경찰을 뿌리치고 3미터 넘는 담을 간신히 넘어갔다. 옷을 털고 일어나보니 시립 형무소였다고 함.

1972년, 22세의 아일랜드 청년 'Bob Finnegan'은 Belfast에서 도로를 건너다가 달려오던 택시에 부딪혀 택시 지붕 위로 붕 떠서 한참을 날아간 후 떨어졌다. 택시는 뺑소니를 쳤고 그가 기절한 채로 도로 위에 누워 있는 동안 또 한 대의 차가 달려와 그를 치었

고 그는 노견으로 굴러 밀려났다. 그의 주변으로 사람들이 모여 웅성거리고 있을 때 이번에는 봉고가 달려들어 주변에 서 있던 사람 셋을 들이받고 또 한 번 Bob Finnegan까지 치고 달아났다.

저 멀리서 네 번째 자동차가 달려오자 이번에는 사람들이 모두 피했고 오직 한 사람만 치었는데 바로 Bob Finnegan이었다. 단 2분 사이에 4번의 교통사고를 당한 Bob Finnegan은 팔, 다리가 부러지고, 두개골이 함몰되고, 골반이 내려앉았고…… 기타 등 등……. 그래도 죽지는 않았다 함.

헝가리 시골을 오토바이로 여행하고 있던 'Critso Falatti'는 기찻길 건널목에서 차단기가 내려와 건널목에서 섰다. 열차가 지나가길 기다리는 동안 염소 한 마리를 끌고 한 농부가 그의 뒤에 섰다. 그 농부가 염소 줄을 내려온 차단기에 걸고는 그와 이야기를 나누는 사이, 이번에는 마차가 그의 옆에 섰고 바로 뒤에는 스포츠카가 섰다. 잠시 후, 기차가 커다란 소리를 내며 지나가는 순간, 놀란 말이 Falatti의 팔을 물어버렸다. Falatti는 화가 나서 말의 마빡을 주먹으로 내려쳤고, 그러자 말 주인이 마차에서 내려와 그와 싸우게 되었고 주인이 싸우는 것에 더욱 놀란 말이 갑자기 뒤로 달리는

바람에 뒤에 서 있는 스포츠카를 마차로 들이받아 스포츠카 뚜껑을 날려버렸다. 이에 스포츠카 운전사도 내려서 싸움에 끼여들었고 잠자코 있던 농부가 이들을 말리는 사이 차단기가 올라가 염소가 졸지에 교수형을 당하고 말았다.

이 사건은 헝가리 보험사고 사상 가장 복잡한 사고였다 함.

독일 소도시 Guetersloh을 짙은 안개 속에 운전하던 두 운전자가 교통사고를 당해 둘 다 중상을 입었다. 그런데 그들의 차는 흠집 하나 없었다. 도대체 어떻게 된 걸까. 나중에 병원에서 정신을 차린 이들이 진술한 바에 따르며 하도 안개가 짙어 중앙선조차 잘 보이지 않자 둘 다 운전석 창 밖으로 목을 내놓고 달리다가 맞은편에서 목 내놓고 달려오던 상대방 마빡을 서로 박치기 한 것이었다고. 차

는 전혀 부딪히지 않고 세계 유일의 마빡 정면 충돌사고였다 함.

1979년 영국에서 나이 18세에서 29세의 청년 일곱 명이 각각 3 ~4년의 실형을 선고받은 사건이 있었다. 서로 일면식도 없이 전혀 모르던 사이였던 이 일곱 젊은 인생을 망친 사건의 발단은, 이들 중 한 명이 역에서 기차를 기다리는 동안 먹고 있던 감자칩을 던진 것이 옆에 서있던 남자에게 우연히 맞은 데서부터였다고……. 일부러 던진 것이네, 아니네 하다가 싸우고 옆에서 말리고, 말리다 싸우고, 또 그걸 말리다 싸우고, 또 그걸 구경하다 싸우고…… 나중에는 30명 초대형 집단 난투극이 됐다고 함.

영국의 Leeds에 사는 26세 점원 'Walter Hallas'는 평소 너무도 치과 가기를 무서워한 나머지 충치가 아파 더 이상 견딜 수 없게 되자 동료에게 자신의 턱을 치게 해서 그 아픈 이빨을 뽑으려고 했다. 그런데 그 동료가 턱을 치는 충격에 넘어진 'Hallas'는 뇌진탕으로 즉사했다.

아일랜드 시골에서 공장을 운영하던 'George Schwartz'는 자신의 공장이 한쪽 벽만 제외하고 완전히 파괴될 정도의 폭파 사고에도 불구하고, 폭파 당시 무너지지 않은 바로 그 벽 옆에 서 있었던 관계로 약간의 찰과상만 입고 기적적으로 살아 남았다. 병원에서 며칠간 간단한 치료를 받고 퇴원, 공장 잔해에서 자신의 서류를 챙기던 그는 그 남아 있던 한쪽 벽이 갑자기 무너져 깔려 죽었다.

1983년, 뉴욕의 'Carson부인'은 평소 지병인 심장병으로 사망 판정을 받고, 관 속에 안치되었다. 그러나 그녀는 조문객들이 보는 가운데 관 뚜껑을 열고 벌떡 일어났다. 다시 살아난 것이다. 그런데 그녀의 딸이 그걸 보고 심장병으로 즉사했다.

1977년, 뉴욕에서 한 남자가 차에 치였으나 별 부상을 입지 않고 벌떡 일어났다. 그런데 그걸 본 목격자가 그러지 말고 다친 척하고 차 앞에 쓰러져 이따가 나중에 보험금을 타라고 귀띔을 해주자 그는 차 앞에 다시 엎드렸는데 바로 그 순간 차가 다시 출발했다. 물론 죽었다.

1993년, 달라스에서 높이가 너무 낮은 터널이나 육교의 위험성을 알려 일반인들의 경각심을 불러일으킬 목적으로 홍보 영화를 촬영 중이던 'Mike Stewart'는 자신이 타고 촬영하던 트럭이 높이가 너무 낮은 육교 밑을 지나간다는 것을 모르고 계속 촬영하다 육교에 걸려 죽었다.

엽기적 자동차 번호

경남 2 다 1803

(경남이다 18 영3)

여감방이 집보다 좋은 이유 8가지

1. 식사

감방에서는 세끼 밥이 절로 나온다.

그러나 집에서는 세끼 밥을 내 손으로 직접 차려야 하고, 또 애들 먹이는 게 장난이 아니다.

2. 집안 일

감방에서는 잘 정돈된 마당에 나가 적당하게 운동하고 교제도 할 수 있다.

그러나 이 집에서는 내 손으로 마당에 있는 온갖 잡초를 다 베어야 하고, 자식들 레고놀이가 끝나기 전에는 잠도 제대로 못 잔다.

3. 교육

감방에서는 검정고시든 대학 강의든 무조건 공짜다.

그러나 이놈의 집에 오면 내 공부고 지랄이고, 애들 대학 진학 고민에다 과외비까지 막막하다.

4. 의료

감방에서는 약과 진료 모두가 무상으로 제공된다.

그러나 집구석에 오면 시어머니 흰머리 뽑는 것부터 시작해서, 의료보험에 의사 특진료까지 정말 없던 병이 생길 지경이다.

5. 방문객

감방에서는 손님이 오면 나가서 재잘거리다 그냥 잘 가라고 하면 그만이다.

그러나 망할 놈의 집에만 오면 집안 청소에 음식 준비에 골병들고, 나중에는 하룻밤 묵고 가라고 거짓말까지 해야 한다.

6. 여가 시간

감방에서 조용히 편지를 쓰거나 책을 읽을 수 있는 나만의 조용한 시간이 있다.

그러나 이 썩을 놈의 집구석은 방마다 돌아다니며 치워야 하고, 어디 욕이나 안 들으면 다행이다.

7. 세탁

감방에서는 가만히 있어도 내 속옷까지 다 빨아준다.

162

그러나 이 개 같은 집구석은 시누이 똥 묻은 빤스까지 내가 빨아야 한다.

8. 종합

감방에서는 애들 우는 소리, 서방 잔소리 등을 들을 이유가 없다.

그러나 이 썅! 망할 개 같은 집구석은 마치 감방에서 제일 더럽고 악랄한 구석에 온 것보다 더 지랄이다.

엽기적인 산신령

흥부와 놀부가 살았다. 그리고 흥부 마누라는 엄청나게 못생겼고, 놀부 마누라는 엄청나게 예뻤다.

어느 날 흥부는 마누라와 같이 연못에 빨래를 하러 갔는데 빨래를 하던 흥부 마누라가 실수로 연못에 빠지고 말았다.

그 순간 갑자기 산신령이 나타나 미스코리아를 가리키며 "이 여자가 네 마누라냐?"라고 물어보았다.

흥부는 아니라고 말했다.

그러자 산신령이 이번에는 슈퍼모델을 가리키며 "그럼 이 여자가 네 마누라냐?"라고 물었다.

흥부는 이번에도 아니라고 대답했다.

산신령이 마침내 정말 못생긴 흥부 마누라를 가리키며 "그럼 이 여자가 네 마누라냐?"라고 묻자 그제야 흥부는 그렇다고 대답을 했다.

산신령은 흐뭇한 표정으로 다음과 같이 말했다.

"참으로 정직하고나. 내가 상으로 이 세 여자를 모두 주겠노라."

홍부는 여자 3명을 모두 데리고 집으로 가서 3명의 여자와 매일 밤 짜릿한 시간을 보내고 있었다.

이 소식을 들은 놀부는 홍부가 부러워 죽을 지경이었다.

그래서 어느 날 놀부도 자기 마누라와 빨래하러 그 연못으로 갔다가 살짝 자기 마누라를 연못에 밀어버리고, 산신령을 기다렸다.

그리하여 산신령이 다시 나타났다.

산신령은 홍부가 마누라를 빠뜨렸을 때처럼 미스코리아를 가리키며 "이 여자가 네 마누라냐?"라고 물어보았다.

놀부는 아니라고 말했다.

그러자 산신령이 이번에는 슈퍼모델을 가리키며 "그럼 이 여자가 네 마누라냐?"라고 물었다.

놀부는 이번에도 아니라고 대답했다.

산신령이 마침내 정말 이쁜 놀부 마누라를 가리키며 "그럼 이 여자가 네 마누라냐?"라고 묻자 그제야 놀부는 그렇다고 대답을 했다.

그러자 산신령, 바지를 추켜 올리며 하는 말.

"잘 먹었다."

거세한 고양이

고양이 한 마리가 색을 너무 밝혀서 온 동네의 암코양이들을 그냥 두지 못했다. 온 동네를 휘젓고 다니며 치근덕거려 발에 걸리는 게 온통 이 수코양이 새끼들이었다.

그러던 어느 날 수코양이가 평소보다 더욱 온 동네를 휘젓고 돌아다니며 소란을 피웠다.

골목길을 뛰어 내려가는가 하면 비상계단을 뛰어 올라가기도 했고 지하실로 뛰어 들기도 했다.

참다 못한 이웃사람이 고양이의 주인집 문을 두드렸다.

"댁의 고양이가 미친 듯이 뛰어다니고 있어요!"

그러자 주인이 대꾸했다.

"네, 다 알고 있어요. 오늘 그 녀석을 거세했거든요."

"거세를 했으면 풀이 죽어 있어야지. 저 고양이 정신나간 거 아니에요?"

그러자 주인 왈,

"흐…. 거세를 해서 여기저기 뛰어다니며 약속을 취소하고 있는 걸 거예요."

엽기적 수박장사

한여름 금봉이 창문을 열고 낮잠을 자고 있는데, 수박장사의 소리가 들렸다

"수박이 왔슴~다~~~ 달달한 수박이 왔슴다~~~~."

여기까지는 멘트가 똑같았다.

그 다음이 엽기였다.

"강/호/동/대/가/리/만/한/수/박/이/왔/슴/다/!"

바나나의 용도

독신녀 아파트에 사는 영숙이가 아파트 내 과일가게를 둘러보다 이것저것 사다 말고 바나나를 뚫어져라 바라보더니 조용히 바나나 두 개를 집어들었다. 평소에도 자주 바나나를 사갔지만 하나씩만 사 갔는데 이번엔 두 개나 집어들기에 주인이 의아해 하며 물었다.

"아니! 두 개나 사가려구요?"

그러자 영숙이가 화들짝 놀라며 하는 말,

"어머, 아녜요! 하나는 먹을 거예요!"

중독자의 입사원서

취미 : 스타크래프트

특기 : 테란

하고 싶은 말 : 굿매너 굿게임 노디스

토끼의 죽음

어느 날 금봉이가 집에서 기르던 개가 한참을 짖더니 이상한 물체를 입에 물고 왔다. 다가가 보니 옆집 딸들이 그렇게 아끼던 하얀 토끼가 흙에 잔뜩 묻어 죽은 채 금봉이의 개의 입에 물려 있는 게 아닌가?

등에 식은땀이 나는 걸 느낀 금봉.

워낙 옆집 딸들이 애지중지하던 토끼였기에 금봉은 완전범죄를 계획했다.

금봉은 좀 찜찜했지만 죽은 토끼를 들고 집 안으로 들어와 욕탕에서 털이 새하얗게 될 때까지 씻어서 흙이 묻은 걸 없앤 뒤, 드라이기로 털을 뽀송뽀송하게 말렸다.

역시 흙이 묻은 노란 리본도 깨끗하게 빨아 건조시킨 뒤, 토끼의 목에 그대로 묶었다.

이 정도면 자연사했다고 볼만했다.

금봉은 마침 담 너머로 보이는 옆집 뜰에 아무도 없길래 뛰어 넘어가 토끼 우리에 죽은 토끼를 반듯하게 넣어두고 아무 일 없다는 듯이 집으로 돌아왔다.

시간이 조금 지나자 옆집에서 비명소리가 들리고, 곧 웅성거리는 소리를 들을 수 있었다.

금봉은 천연덕스럽게 옆집 담으로 고개를 삐쭉 내밀고 무슨 일 있냐고 물었다.

그 집 딸들과 아저씨는 얼굴이 새파랗게 질려 "토끼가…토…토끼가…"라는 소리만 했다.

금봉은 양심에 찔렸지만 시치미 뚝 떼고 "토끼가 뭐요?"라는 소리만 했다.

그러자 집주인 왈,

"어느 미친놈이 어제 죽어서 뜰에다 파묻어 놓은 토끼를 파헤쳐서 토끼집에 도로 넣어놨어요. 그것도 깨끗이 씻겨주고! 세상에 어느 미친놈이!"

성공의 비밀

한 젊은 남자가 늙은 갑부에게 찾아가 어떻게 돈을 많이 벌게 되었는지 물었다.

"음……, 1932년이었지. 사회적으로 엄청난 공황이 있었고 내 손엔 딱 100원이 있었다네. 난 100원을 가지고 사과 한 개를 샀지. 하루종일 그 사과를 닦고, 광을 내서 그 날 저녁에 200원에 팔았다네. 다음날도 200원으로 사과 두 개를 사서 닦고 광을 냈지. 저녁에는 400원에 팔고 말야. 이렇게 한 달여 동안 사과를 사고 팔고 했더니 내 수중에 백만 원이라는 돈이 들어 왔다네.

젊은 남자는 흥미롭게 이야기를 들으며 물었다.

"그래서요?"

그러자 노인이 대답했다.

"그때 우리 장인어른이 20억을 유산으로 남기고 죽었어."

노인과 간호사

한 노인이 있었다.

그 노인은 어떻게 해서든지 자식을 가지겠다는 일념으로 병원을 찾았다.

정상적인 임신이 불가능하기 때문에 인공수정을 해야만 애를 가질 수 있기 때문이었다.

간호사 : 할아버지 이 병에 정액을 담아오세요.

할아버지 : …….

여러 시간이 지나도 병을 받고 나간 할아버지는 돌아오지 않았다.

기다리다 지친 간호사가 화장실로 갔다.

간호사 : 할아버지 아직 멀었어요?

할아버지 : (헉헉~거리며) 윽……, 오른팔에 힘이 다 빠졌어.

잠시 후,

할아버지 : (헉헉~거리며) 윽……, 왼쪽 팔에 쥐났어! 안 되겠어. 변기에 대고 두들겨야지

간호사 : (놀란 표정으로) 다치지 않게 조심하세요!

잠시 후,

할아버지 : (짜증난 목소리로) 포기했어 간호사 아가씨가 좀 해

169

쥐~ 이리 와!

　간호사 : (기겁을 하며) 안돼요 그것만은 직접 하셔야…….

　할아버지 : (애원하는 목소리로) 제발 한번만 비틀어 줘~!

　간호사 : 안 됩니다.

　그러자 할아버지 왈,

　할아버지 : 그럼 나 안 해! 열리지도 않는 병을 주면 어쩌자는 거
야!

안심되는 말

　8살 먹은 철수와 영희가 함께 소꿉놀이를 하고 있었다.

　그러던 중 갑자기 철수가 엄마한테 달려가 묻는 것이었다.

　"엄마, 우리도 아기 낳을 수 있어?"

　당황한 엄마는 "이런 쪼그만 것이 못하는 소리가 없어, 너희가
애를 어떻게 낳아?"라고 꾸짖었다.

　그러자 철수가 눈을 번뜩이며 영희에게 달려가서 하는 소리,

　"야! 해도 돼! 우린 애 못 낳는데!"

건달과 외국인

　거만한 모습으로 입에 담배를 문 채 버스를 기다리던 건달에게
한 외국인이 다가와서는 물었다.

　"Where is the post office?"

　[우체국이 어디죠?]

그러자 건달은 황당하다는 듯 어떤 말을 한 마디 내뱉고는 담배를 '투~' 뱉고 가버렸다. 그 한 마디를 들은 미국인은 고개를 끄덕이며 건달을 따라갔다. 그런데 건달이 한참을 걸어가다가 뒤를 보니 외국인이 계속 자기를 따라오는 게 아닌가. 그래서 건달은 다시 아까와 같은 말을 하고는 가래를 '투~' 뱉고 뛰어갔다.

그런데 이번에는 외국인이 뛰어서 따라가는 게 아닌가.

그렇다면 도대체 건달이 뭐라고 했길래 외국인이 계속 그를 따라가는 것일까

"아이 씨팔놈이."(I see, follow me.)

＊해석 : 알겠소 따라오시오.

　발음 : 아이 씨팔노미

엽기 A/S…??!!

실제로 컴퓨터 A/S 센터에 걸려온 문의전화 중에 재미있는 내용입니다.

구입자1 : 저기요, 윈도우 95는 97년도에도 사용할 수 있나요?

구입자2 : 모니터가 안 켜져요. 채널을 몇 번으로 고정해야 되나요?

구입자3 : 4기가 램에 하드가 32메가에 CPU가 17인치인데, 왜 5.25인치짜리 스트립 포카게임이 안 되나요?

구입자4 : 이봐요, 키보드 알파벳이 불량이잖아요! 왜 자판이 뒤죽박죽이에요?

구입자5 : 저기요, 버튼 누르면 나오는 컵 받침대(시디롬을 말

함)가 빠개졌는데 A/S 되나요?

구입자6 : 욕조에 빠뜨렸는데, A/S 될까요? (도대체 뭘 했길래?)

구입자7 : 닌텐도 팩이 비슷하길래 컴퓨터에 갖다 꽂았는데, 고
장났어요. 잉~~~

구입자8 : 플로피 드라이브가 새로 나온 것 같던데(CD - ROM),
이전의 디스켓(5.25) 겉 봉지는 다 뜯어야 되나요?

구입자9 : 이거 빌게이치가 만든 거 맞죠?

구입자10 : 인텔하고 펜티엄하고 어느게 더 좋아요?

반격

매력적인 젊은 여가가 혼자 술집에 앉아 있었다.

"실례합니다. 한 잔 사드려도 되겠습니까?"

한 젊은이가 다가와서 물었다.

"여관에 가자구요?"

그 여자가 소리를 빽 질렀다.

"아니 잘못 들으셨군요. 저는 그냥 술 한 잔 사드릴까? 라고 물었
는데요?"

"그러니까 여관에 같이 가자는 말이죠?"

여자는 더 흥분한 듯 큰소리로 외쳤다.

기가 막히고 당황한 젊은이는 구석으로 물러났고 술집 안에 있
던 사람들은 모두 분개하여 죄 없는 그 청년을 쏘아보았다.

조금 있다가 그 여자가 청년이 있는 자리로 왔다.

"아까는 소란을 피워서 정말 죄송해요. 예기치 않은 상황을 맞았

을 때 인간이 어떻게 행동하는가를 연구하고 있는 중이랍니다."

그러자 남자는 여자를 보면서 소리를 버럭 질렀다.

"뭐라구? 50만원씩이나 달라구?"

이런 건 알아둬

성숙한 여인들이 한 달에 한번씩 치르는 행사 : 반상회

학교와 핵교의 차이점 : 학교는 다니는 곳이고, 핵교는 댕기는 곳

'누룽지' 를 영어로 하면 : Bobby Brown (밥이 브라운)

탤런트 최지우가 기르는 개 이름 : 지우개

'오뎅' 을 다섯 글자로 늘이면 : 뎅뎅뎅뎅뎅 (5뎅이니까)

'눈과 구름을 자르는 칼' 을 세 글자로 하면 : 설운도

'특공대' 란 특별히 공부도 못하면서 대가리만 큰 아이를 말한다고 한다. 그렇다면 '돌격대' 란 무엇의 준말일까요? : 돌도 격파할 수 있는 머리

일본의 어느 여고에서 체육시간에 피구를 하다 여학생 한 명이 죽었습니다.

왜 죽었을까요 : 금 밟아서

고양이 가면을 쓰고 놀 때는 '야옹' 하고 소리를 내고, 강아지 가면을 쓰고 놀 때는 '멍멍' 하고 소리를 낸다 그렇다면 오징어 가면을 쓸 때는 무슨 소리를 내고 놀까요? : "함 사세요!"

F16보다 성능은 약하지만 날아다니는 파리까지 쏘아 떨어뜨릴 수 있는 정확성을 자랑하는 우리 나라의 무기는 과연 무엇일까요? : F킬라

상식이 통하는 사회

버스기사인 금봉이 모는 버스가 전용차선으로 유유히 달리고 있는데, 갑자기 어느 승용차 한 대가 느닷없이 전용차선을 타고 달리는 금봉의 버스 앞으로 끼어 들어와 달리기 시작했다.

그러자 금봉은 열이 받아서 클랙션을 마구 빵빵대며 상향등을 켜대면서 승용차를 위협했다. 승용차를 몰고 가던 사람도 열이 받았는지 차를 세우고는 금봉을 향해 다가왔다.

그리고 문을 쾅쾅 치며

"문 열어 이 새끼야! 왜 빵빵대고 지랄이야!"

그러자 금봉은

"누가 전용차선으로 막 달리래 이 새끼야!"

이런 식으로 실랑이를 벌이다가 승용차를 몰던 남자가 계속 버스의 문을 쳐대며, "빨리 문 안 열어!"라고 계속 소리를 지르자 금봉은 결국 문을 열었다.

문이 열리자 그 남자는 들어오고 계속 욕이 섞인 실랑이를 하던 중에 열이 받을 대로 받은 금봉은 그냥 문을 닫아버리고서는 승용차 남자를 태운 채로 그냥 질주하는 것이었다.

무지하게 놀란 승용차 남자.

그러나 곧 이성을 되찾고는 또 실랑이가 시작되었다.

"뭐 하는 거야!! 빨리 안 세워!! 빨리 내려 줘!! 이 새끼야!"

금봉은 말을 씹고 그대로 질주했고, 승용차 남자는 계속 내려달라고 발광을 했다.

"빨리 세워!! 안 세워!! 내려 줘, 빨리 세워!! 안 내려줘 이 쓰봉새야!!"

그러자 버스기사 금봉이가 한 마디했다.

"벨 눌러."

엽기 아들과 아빠

어느 날 중학교에 다니는 한 학생이 음란사이트에 들어가게 되었다. 첨으로 가본 음란 사이트에 엄청난 호기심을 가지게 되었고, 학생은 더욱더 많은 걸 보고 싶어했다.

그런데 음란사이트는 거의 대부분이 유료이거나, 청소년들이 들어오는 것을 방지하려고 회원가입을 한 후 이용할 수 있게 되어 있었다.

그래서 그 학생은 고민에 빠지게 되었다.

자기의 이름과 주민등록번호로 가입하게 된다면 가입이 안 되는 것은 뻔할 것이고, 그렇다고 음란사이트에 들어가는 것을 포기하자니 눈앞에 아른거리고……. 그래서 그 학생은 아빠의 이름과 주민등록번호로 가입을 하기로 했다.

엄마와 아빠가 잠든 틈을 타 몰래 음란사이트에 접속한 그 학생은 떨리는 마음으로 아빠의 이름과 주민등록 번호를 입력하고 회원가입 버튼을 눌렀다.

그러자 화면에 나타난 말.

"고객님께서는 이미 회원가입이 되어 있습니다. 비밀번호를 누르시고 LOGIN 해주십시오."

커지는 방법

어느 날 한 여자가 병원에 찾아와 자신의 가슴이 너무 빈약하다고 생각된다며 가슴을 크게 만들어 달라고 의사에게 부탁을 하였다.

의사 : 음, 부작용이 없는 물리치료를 쓰시죠.

여자 : 어떻게 하는 것이죠?

여자는 기대에 부풀어 의사에게 물었다.

그러자 의사는 양손을 어깨에 올려놓고, 닭처럼 파닥파닥 날개짓을 하면 커진다고 여자에게 말해 주었다.

그 후, 여자는 틈만 나면 그 짓을 하게 되었고, 그러다가 어느 남자와 선을 보게 되었다.

선을 보는 자리에서도 습관적으로 퍼덕거리던 여자.

하지만 이상하게 남자는 여자의 파닥거리는 이상한 행동을 아무 말 없이 바라만 보았다.

그러다가 여자는 실수로 팔꿈치로 수저를 쳐 떨어뜨려 수저를 집으려고 테이블 밑을 보는 순간 모든 의문점이 풀렸다.

남자가 양다리를 좌우로 흔들고 있었던 것이다!!!

그 말이 그 말이냐?

때는 어느 더운 여름날.

밤 늦게까지 시간가는 줄 모르고 술을 마셔대던 금봉과 호발은 같은 방에서 잠을 자게 되었다.

다음 날까지 끝마쳐야 하는 일이 있던 호발은 술에 취해 뻗은 금봉을 자리에 눕히고 자상하게도 선풍기까지 틀어주었다.

한참 할 일에 몰두하던 중 호발의 귓가에 들려오는 금봉의 음성.

"야쿠르트…… 줘 야쿠르트……줘."

호발은 그 말이 잠꼬대려니, 술김에 하는 소리려니 하면서 그냥 무시하고 자기 할 일만 열심히 하고 있었다.

하지만 계속해서 들려오는 목소리.

"야쿠르트…… 줘 야쿠르트……줘."

날도 더운데다 할 일까지 산더미인 호발이의 분노 폭발.

"야, 이 자식아! 야쿠르트는 뭔 야쿠르트야! 자던 잠이나 계속 자!"

친구의 분노에 찬 목소리에 엎어져 자던 금봉이 눈을 부시시 뜨더니 선풍기를 가리키며 던진 한 마디.

"약으로 틀어줘……. 약으로 틀어줘……."

아들

금봉이가 친구네 집에 전화를 걸었다.

따르릉~ 따르릉~

마침 친구 어머니가 전화를 받았다.

어머니 : 여보세요

금봉이 : 여보세요.

어머니 : 네~~

금봉이 : 저기…….

순간 금봉은 친구의 이름이 생각이 안 났다.

평소 친구의 별명만을 부르다보니 친구 별명인 "칠득이" 밖에 생각이 안 난 것이었다.

어머니 : 누구세요?

금봉이 : …….

어머니 : …….

너무 당황스러웠고 친구랑 통화는 해야겠고……. 해서 금봉의 입에서 순간 나온 말은…….

"아줌마, 아들 집에 있어요?"

아름다운 동화(라이터 팔이 소녀)

옛날 옛날에 라이터 팔이 소녀가 살고 있었답니다.

소녀는 날건달 의붓아버지와 양아치 계모 밑에서 구박을 받고 살았답니다.

소녀는 오늘도 라이터를 팔러 거리로 나섰습니다.

"라이터 사세요. 값비싸고 질 나쁜 구라표 라이터 사세요."

하지만 라이터는 하나도 팔리지 않았답니다.

더군다나 날씨는 너무나 추웠어요.

소녀는 어쩔 수 없이 라이터를 하나 켜서 몸을 녹이기로 했답니

178

다.

"찰칵~ 화아악~"

라이터 불이 발갛게 타올랐습니다.

정말 따뜻했습니다.

그런데 갑자기 강한 바람이 불자 라이터 불이 꺼지고 말았답니다.

불꺼진 라이터에서는 가스가 계속 흘러나왔어요.

소녀는 놀라서 라이터를 던져버리려고 했지만 꽁꽁 얼어버린 손은 마음대로 움직여주지 않았답니다.

가스는 하나도 남김없이 소녀의 코 속으로 흘러 들어갔습니다.

"아…… 안돼……! 안~~돼~~돼~~ 아이 황홀해……."

소녀의 눈앞에 커다란 난로가 나타났어요.

하지만 소녀가 난로를 향해 가까이 가려한 순간, 라이터 가스가 다 닳고, 난로가 사라졌어요.

소녀는 다른 라이터 하나를 집어들고 가스를 마시기 시작했습니다.

커다란 칠면조 고기가 나타났어요.

정말 맛있게 보이는, 노릇노릇하게 잘 구어진 맥도날드 크리스마스 특선 양념 후라이드 칠면조였어요.

하지만 소녀가 그것을 먹으려고 손을 내미는 순간, 라이터가스가 다 닳았어요.

역시 질 나쁜 구라표 라이터였답니다.

소녀는 너무나 약이 올라서 자신이 가진 모든 라이터의 가스를 한꺼번에 마시기로 했어요.

"찰칵~ 화아악~"

가스가 맹렬히 뿜어져 나오고, 소녀의 눈앞에 할머니가 나타났어요.

소녀는 감동에 벅차 떨리는 목소리로 물었어요.

"할머……니?! 정말……할머니세요?"

"너 누구냐?"

"……."

"……."

잠깐의 어색한 침묵 후, 가스가 다 닳았어요.

너무도 허탈해진 소녀는 담배를 하나 빼 물었어요.

그리고 불을 붙였어요.

"콰아아아앙!"

다음날 아침,

사람들이 지나가다가 담장 밑에 쭈그리고 앉은 채로 새카맣게 타죽은 소녀를 발견했어요.

소녀의 앞에는 라이터들이 흩어져 있었답니다.

"라이터를 켜서 몸을 따뜻하게 하려 했군."

"쯧쯧, 불쌍해라."(− − ;)

하지만 소녀의 입에는 미소가 서려 있었어요.

이상한 게임방

금봉이는 동네의 대학교 앞에 있는 게임방을 찾았다.

깨끗하고, 인테리어가 좋은 것이 역시 대학가의 게임방은 뭐가 달라도 다르다고 생각했다.

일단 빈 컴퓨터 앞에서 앉아서 컴퓨터를 켠 금봉.

어떤 게임을 할까 생각하는데……. 이건 웬걸! 게임이 하나도 없는 것이다.

"씨파……. 무슨 게임방이 이래?"

금봉은 투덜대며 주위를 둘러보았다.

시험기간인지 다들 인터넷과 포토샵과 문서작성을 하고 있었다.

분위기에 편승해서 금봉도 인터넷을 조금 하다가 담배가 피우고 싶어져 일하는 사람을 불렀다.

"저 여기요~ ~ 재털이 좀 갖다 주세요~"

"……."

아르바이트생인 것 같은 남자가 아무런 대꾸가 없자 금봉은 '일단 가져다 줄 때까지 담배를 피우고 있자' 라는 생각으로 담배에 불을 붙였다.

그러자 아르바이트생인 것 같은 남자가 와서 하는 말,

"어느 반 오셨어요?"

느낌이 이상해진 금봉은 시선을 피하다가 모니터 위의 간판을 발견했다.

"제일 컴퓨터 학원"

지혜

금봉이 대학교에서 시험을 봤다.

2시간을 주고 시험을 보는데 1초라도 늦게 내면 F학점으로 처리한다는 까다롭기로 소문난 교수의 시험이었다.

그날 따라 금봉은 지각을 했기 때문에 교수는 금봉에게 2시간 동안 풀어야 할 문제를 1시간 만에 끝내라고 지시했다.

금봉은 묵묵히 열심히 시험을 봤다.

그리고는 1시간이 더 지나서야 교수에게 찾아가 시험지를 내밀었다.

예상대로 교수는 흥분해서 소리쳤다.

"이것봐, 너 점수 없어!"

그러자 금봉은 교수를 바라보면서 당당하게 되물었다.

"제가 누군 줄 아십니까?"

교수는 소리를 질렀다.

"이 놈이 협박하려 하는 거냐? 소용없어 점수 없다!"

그러자 금봉은 언성을 높이며 다시 한 번 물었다.

"제가 누군 줄 아시냐구요~!"

흥분한 교수가 "내가 네가 누군 줄 어떻게 알어~~~~!" 하고 소리를 지르자……

금봉은 재빨리 교수 책상 위 그 많은 학생들이 제출한 시험지 가운데에 자신의 시험지를 싸악~ 끼워놓고 도망갔다!!!

좌석버스

학업을 마치고 집으로 가려고 버스를 기다리고 있던 금봉.

근데 그날 따라 돈이 500원 밖에 없었다.

걸어서는 집까지 워낙 멀어서 대책 없이 버스를 타고만 금봉은 기사 아저씨에게 사정을 말하기로 했다

마침 버스가 손님 한 명 없이 텅텅 비어 있어서 마음껏 불쌍한 척 하기도 쉬웠다.

쭈뼛거리며 기사 아저씨에게 다가간 금봉.

"아저씨, 지금 500원 밖에 없는데요~"

그러자 그 버스 운전기사 아저씨 왈,

"그래? 그럼 서서 가!"

시조(작자미상)

사대사로 미팅했네 자칭펑클이었다네.
내 친구들 기대했네 미팅 전날 잠 설쳤네
강남역서 미팅했네 씨티극장 앞이었네
약속시간 넘었다네 가시나들 안 보이네.
내 친구가 그랬다네 퀸카들은 원래 늦네.
삼십오 분 늦게 왔네 다가가서 인사했네.
내 친구들 기절했네 알고 보니 영턱스네.
그녀들이 그랬다네 우리들은 펑클이네.
내 친구들 울부짖네 그럼 우린 태사자네.
아무 카페 들어갔네 분위기가 썰렁하네.
친구들이 손짓하네 화장실로 나 부르네.
못 들은 척 딴전 폈네 웃으면서 끌려갔네.
내 어금니 꽉 물라네 돌아가며 맞았다네.
사정없이 맞았다네 먼지 나게 맞았다네.
막아봐도 소용없네 주먹 합이 여덟이네.
봐달라고 애원했네 막무가내 맞았다네.
내가 봐도 너무했네 폭탄세트 메뉴라네.
할 수 없이 자폭했네 나 혼자서 돈 다 썼네.
헤어지며 인사했네 또 나오면 죽음이네.
차비 없어 걸어왔네 걸으면서 눈물났네.
나도 한 번 보고 싶네 퀸카 한 번 보고 싶네.

<작품해설>

사구체로 이루어진 향가를 토대로 한 작품으로 폭탄 주선하고 집단 빵을 경험한 필자의 경험을 통해 권선징악의 의미를 되새겨 볼 수 있는 작품이다. 고도의 운율을 통해 리듬감을 느낄 수 있으며 다음의 크게 네 부분으로 나눌 수 있다.

기 : (자칭) 핑클에 대한 기대와 설레임.

승 : 확인 결과 사기팅(영턱스) 이었다는 허탈감

전 : 친구들의 정신없는 매질과 학대.

결 : 모든 아픔을 끌어안는 초극적 자세와 종교적 승화.

화창한 봄날에 코끼리 아저씨가~ 나뭇잎 타고 태평양 건너갈 적에~~~

화창한 봄날에 히드라 아저씨가~~~

오버로드 타고 테란 기지 러쉬 갈 적에~~

메딕 아가씨 히드라 아저씨보고~~~

첫눈에 반해 둘이 살짝 윙크했대요~~~

나는 저그 멋쟁이~~~너는 테란 이쁜이~~~

천생연분 결혼합시다~~

엄머엄머엄머엄머~~~

식장은 벙커 예식장~~~ 주례는 질럿 아저씨~~~

피아노는 드래군~~~

축의금은 show me the money~~~~~

바보학교 수업시간

선생님 : 누구 박수 칠 수 있는 사람?

모두 긴장하며 손을 들지 않았다.

이때 한 놈이 손을 들고 박수 한 번을 "짝" 쳤다.

학생들 : 오~ (박수 막 치며……)

그래서 그 놈은 반장이 됐다.

다음 시간

옆반 선생님 : 이 반에 박수 칠 수 있는 놈 있다며? 누구야!

학생들 : (박수 치며) 반장! 반장! 반장! 반장!

엽기 변종 비아그라

1. 불임부부를 위한 획기적인~~~ 애배그라

2. 밥을 잘 안 먹는 아이들의 식욕을 돋워주는 – – 밥묵그라(자매품 – – 막무그라)

3. 새로운 변비 치료제 – – – – 또싸그라

4. 성적을 쑥쑥 올려주는 두뇌 활성제 – – – 올리그라

5. 불면증 환자를 위한 수면제 – – – – 푹자그라

6. 처녀막 재생을 완벽하게 – – – 부치그라

맞는 답 아닌가?

교수가 학생들에게 A4용지를 주며 이렇게 말했다.

"이 광대한 우주에 지구 또 인간은 과연 무엇인가?"

학생들은 심하게 어려워하며 한 글자 한 글자씩 적어갔다. 그런데 한 학생이 5초도 안돼서 다 쓰고 일어서는 것이다. 거기에는 이렇게 써 있었다.

"테란"

100원짜리 동전을 가장 점잖게 표현하면?

"공중전화 3분 무료이용권"

엽기적인 간판

미용실 – 버르장머리

순대집 – 순대렐라

떡집 – 떡데리아

닭 집 – 위풍닭닭

여관 – 안서장

호프집 – 더스틴 호프만

사철탕집 – 필립(必立) 사철탕

누구나 사이코가 될 수 있다

1. 먼저 지하철 문에 다리나 몸을 걸쳐 문이 계속 열리게 한다.
2. 문이 열릴 때마다 "파로마!" 하고 외친다.

한국 은행의 음모

만원권의 세종대왕
오천원권에 이율곡 선생님
천원권에 이황선생님
100원에 이순신 장군님
"전부 이씨네?"

말을 똑바로 해야지

어떤 남자가 길을 가다 요술 램프를 주웠다.
그 남자는 책에서 본 대로 요술 램프를 문질렀다.
그러자 램프의 요정이 나와 "소원 한 가지만 들어드리겠습니다."
하고 말했다.
그래서 그 남자는 고민에 빠졌다.
돈과 여자와 결혼을 모두 하고 싶었기 때문이다.
하는 수 없이 모두 불러서 나오는 걸 갖기로 했다.

"돈, 여자, 결혼!"

그러자 그 남자는…….

'돈 여자' 와 결혼했다

이상한 광고

네스카페 커피광고.

나루터에서 청년이 배를 타려 하자 사공은 요금으로 2만원을 내라고 한다. 그러자 그 청년은 주머니에서 네스카페 커피 하나를 꺼내 준다.

봉지커피 하나에 2만원 무섭다.

레모나 하나면 미대륙횡단 버스를 탈 수 있다.

오복간장

예쁘게 커서 시집갈 때가 된 딸이 말한다.

어릴 때 어머니께서 오복간장을 고집하며 쓰는 이유를 몰랐지만, 다 큰 이제는 알게 되었다고.

그것이 그냥 고집이었다는 것을.

24개월이면 머리가 다 큰다는 아기분유 광고

화장실로 달려가 가만히 거울을 들여다보자.

그러니까 생후 24개월 됐을 때 이 얼굴이었단 말이지?

덥수룩하게 자라 비듬이 날리는 머리칼, 거뭇거뭇한 수염
어머니께서 많이 놀라셨을 거 같다.

욕쟁이 집안

욕쟁이 집안에서 엄마가 부엌에서 저녁밥을 차리고 있었다.

엄마가 밥을 차리고 나서 엄마가,

"첫째야, 아빠 진지 드시라고 해라." 라고 했다.

그러자 첫째가 방문을 발로 '쾅~' 차며 방에 들어가서

"야, 엄마가 밥 처먹으라고 한다. 빨리 나와서 얼른 밥 처먹어라."
하고 했다.

아빠는 무척 짜증이 나서 방에 앉아 나가지 않고 있었다.

계속 아빠가 안나오자 엄마가 이번에는,

"둘째야, 아빠 진지 드시라고 해라."라고 했다.

이젠 둘째가 방문을 '쾅~' 차며,

"야! 얼른 나와! 밥이나 처먹으라고! 내가 꼭 나서야겠냐? 좋은
말 할 때 빨랑 나와!"라고 소리를 질렀다.

그러자 아빠는 더욱더 화가 나서 방에서 나오지 않았다.

첫째를 시켜도 아빠가 안 나오고 둘째를 시켜도 아빠가 안 나오
자, 엄마가 이젠 셋째를 시켰다.

셋째는 첫째, 둘째와 달리 손으로 조용히 문을 열어

"아버지 진지 드세요."라고 말했다.

그러자 아빠는 그 말에 감동을 받아 엉엉 울기 시작했다.

셋째가 눈물을 흘리는 아빠를 보고 하는 말,

"왜 넌 내가 말만 하면 맨날 처우냐?"

첨단 국회의원 모델 출시

– 제품 제원

· 모델명 : K – 2000

· 형태 : 단순무식형

· 두뇌 : 5g(세계 최경량)

· 크기 : (머리, 배, 힙) : 5, 40, 50(E.T) 똥배가 많이 나온 세련된 디자인

· 활동시간 : (국회 활동시)1일, 대기시(sleep mode) : 364일 (세계 최장)

· 출력 : 일반시 : 0.01밀리와트, 뇌물 장착시 : 1,000메가와트

· 부가 기능 및 특징 : 원터치 날치기 기능

회의 중 묵음/지랄/격투 기능

회기 중 골프/사우나 기능

자기 계좌 자동 송출 기능

비자금 계좌 최대 1000개 저장 기능

다양한 거짓말 기능

입법안 무한 보류 기능

미인 예약 기능

구속시 자동 잠금 기능

현금, 수표를 동시 수신하는 이중 모드 지원

자기 직계 가족 부 확장 기능

권력 남용 자동 모드 선택

그 밖에 25가지 탈세 기능 항시 지원

· 제 조 국 : 대한민국

· 제 조 원 : 국회의사당 근처 룸싸롱.

· 유통기간 : 4년, 가끔 변칙적으로 연장.

♤♤♤경   고♤♤♤

본 제품에 유사품이 많으므로 항상 금 뱃지를 확인하고 구입하십시오.

잘못된 검색

한 사내가 종이를 꺼내어 적었다.

'자동차'

그러자 개 한 마리가 나타나선 번개처럼 달려가더니 자동차 한 대를 질질 끌고 들어왔다.

"잘~ 했어! 라이코스~."

사내는 재밌다는 표정으로 다시 종이에 적었다.

'엄정화'

이번에도 역시 그 개는 번개처럼 달려가서 목욕하고 있는 엄정화를 질질~끌고 돌아왔다.

"잘~ 했어! 라이코스~."

사내는 모든 것을 다 가진 느낌이었다.

순간, 사내의 머리 속에 메아리치는 이름이 있었으니, 그 이름은 바로 "어머니."

사내는 종이에 다음과 같이 적었다.

'고향에 계시는, 사랑하는 우리 어머니'

물론 이번에도 그 개는 번개처럼 달려갔다.

그런데 이상하게도 개가 돌아오지 않는 것이었다.

그렇게 며칠이 지난 후, 고향에서 편지가 도착했다.

"네가 철들었구나. 엄마 몸보신도 시켜주고."

유기농 재배

농촌봉사활동을 가게 된 금봉.

한 할머니가 조그만 텃밭에 채소를 심어 가꾸시는 것을 보고는 문득 호기심이 생겨 여쭈어 보았다.

"이거 유기농법으로 키우시는 겁니까?"

"으응?"

할머니는 금봉의 말뜻을 모르시는 것 같았다.

"이게 무공해 농작물이냐구요?"

"뭐라고?"

"제 말은……. 채소 잘 키우셨다고요!"

그러자 할머니 왈,

"당연하지. 약을 얼마나 뿌렸는데."

퀴즈? 퀴즈!

가짜 휘발유를 만들 때 가장 많이 들어가는 재료는?

- 진짜 휘발유

쓰레기통에 뚜껑이 달려 있는 까닭은?

- 먼지 들어갈까 봐.

뉴코아백화점이 무너지지 않는 이유?

- 리본으로 묶어놔서

한국의 비아그라는?

- 까마귀 고기 (한 번 하고 까먹고 또 하고, 또 하고…….)

대한민국 만세

미국의 과학자들이 땅 속 깊이 50m를 파 내려가다가 작은 구리 조각을 발견했다.

그러자 미국은 2만 년 전에 전국적인 전화망을 가지고 있었다고 발표했다.

그러자 일본에서도 가만있을 수 없어 일본 과학자들이 지하 100m를 파보게 되었다.

거기서 일본은 유리 조각을 발견하고 이렇게 발표했다.

"2만 5천 년 전에 전국적인 광통신망을 가지고 있었다."

이에 자극 받은 우리 한국에서도 150m를 파보게 되었다.

그러나 한국에서는 아무것도 발견하지 못하고는 이렇게 발표했다.

"3만 년 전에 전국적인 무선전화 통신망을 가지고 있었다."

돈까스의 비애

군대에 간 금봉이, 저녁으로 돈까스 반찬이 나왔다.

식당에서 줄을 서 있는데 앞에서 웅성거리는 소리에 무엇인가 하고 보니 돈까스를 1인당 2개씩 나누어준다는 것이었다.

그 대신 돈까스 소스는 없다고 했다.

부식병이 보급받을 때 돈까스 한 박스와 소스 한 박스를 가져온 다는 것이 실수로 돈까스 두 박스를 가져온 것이었다.

약간 속이 울렁거림을 느끼면서 금봉은 불평을 해댔다.

"소스도 없이 돈까스를 두 개나 먹으란 말야? 궁시렁~ 궁시렁~"

그 때 한 고참병이 이렇게 말했다.

"우리들은 불평할 필요가 없다. 애들아, 분명히 지금 어느 부대에서는 소스만 두 개 먹고 있는 애들도 있을끼다."

1등 하는 방법

시험만 치면 항상 2등인 어느 여고생이 있었다.

매일 더 열심히, 더 오래 공부를 해봐도 언제나 2등이었다.

시험이 있고, 또 2등을 하고 돌아오던 어느 날 누군가 그 여고생에게 말을 걸었다.

"무슨 고민이 있는 것 같은데……."

이상한 할머니였다.

"어머~ 어떻게……."

그 여학생은 자신의 모든 것을 할머니에게 말해 주었다.

그러자 그 이상한 할머니 왈,

"1등을 죽여. 잔인하게! 그러면 될 게야. 후후~"

그 말을 듣고 한참을 망설이던 여학생은 1등을 하기 위해서 결국 1등을 잔인하게 죽여버렸다.

그러나 다음 시험의 결과는 또 2등이었다.

그 여학생은 할머니에게 찾아가 따지기로 했다.

그러자 그 할머니는 이번엔 더 무시무시한 얘기를 했다.

"담임 선생을 죽여."

그 소리를 들은 여학생은 1등을 위해서 담임 선생마저 죽였다.

그러나 다음 시험에도 또 2등이었다.

여학생은 할머니에게 찾아가 화를 냈다.

"이게 뭐예요! 벌써 2명이나 죽였는데 아직도 2등이라니!"

"미안허이. 허나 이번엔 확실한 방법이 있지. 확실한 방법이."

"그게 뭐죠?"

그러자 할머니가 말했다.

"국 영 수를 집중적으로 해봐."

개 다루기

개 다루기개를 좋아하는 임금이 있었다.

임금의 애완견은 고개를 '끄덕끄덕' 거리기만 하고 도리질을 못했다.

임금은 개가 도리질을 하도록 하는 사람에게 상금을 주겠다고 방을 붙였다.

그러자 한 남자가 나타났다.

그 남자는 가방에서 벽돌을 꺼내서 개의 얼굴을 때렸다.

개는 비명을 질렀다.

남자가 말했다.

"또 해줄까?"

개가 도리질을 했다.

남자는 상금을 타서 돌아갔다.

충격을 받은 개는 계속 도리질만 했다.

임금은 이번에는 개를 '끄덕끄덕' 거리게 만드는 자에게 상금을 주겠다고 방을 붙였다.

그러자 상금을 타간 남자가 이번에도 또 나타났다.

그리고 개에게 말했다.

"너 나 알지?"

그 남자는 또 상금을 타서 돌아갔다.

누나의 가슴

어느 내무반에 새로운 신병이 들어왔다.

들어가자마자 짓궂은 고참들의 질문 공세가 시작되었다.

성경험이 있느냐, 몇 가지 자세로 해봤냐, 갖가지 원초적인 질문을 묻다가 마지막에는 결국 모든 신병들이 반드시 거치는 누나가 있냐는 질문을 받았다.

"있습니다!"

"예쁘냐? 키는?"

"미스코리아 뺨칩니다. 그리고 키는 168입니다."

그러자, 흥분한 어떤 고참 왈,

"너희 누나 가슴 크냐?"

"예! 큽니다!"

더 흥분한 고참 왈,

"봤나?"

"예! 몰래 봤습니다!"

"언제 봤는데?"

그러자 신병 왈,

"조카 젖 줄 때 봤는데요."

한민족의 근성

한국인, 프랑스인, 일본인이 아프리카 정글을 탐험하고 있었다.

그런데 어디선가 갑자기 식인종이 나타났고, 세 사람은 포위되어 식인종 마을로 잡혀가게 되었다.

셋이 겁을 먹고 벌벌 떨고 있을 때, 식인종이 말했다.

"너희들에게 기쁜 소식 하나와 나쁜 소식 하나를 전해주겠다. 기쁜 소식은 너희를 잡아먹지 않는다는 것이고, 나쁜 소식은 대신 너희 가죽을 벗겨서 그걸로 보트를 만들겠다는 거다. 음하하하~"

그러더니 식인종은 사람들에게 어떤 방법으로 죽겠냐고 물었다. 자존심이 강했던 프랑스인은 총을 달라며 자살했고, 이어서 일본인은 칼을 달라고 하더니 할복해 죽었다.

그런데 한국인은 포크를 달라더니 그걸로 자기의 온몸을 찌르고 있는 것이 아닌가!

식인종이 당황해 하며 물었다.

"지금 뭐 하는 거냐?"

그러자 뻘겋게 충혈된 독기어린 눈으로 한국인이 말했다.

"어디 구멍난 가죽으로 만든 보트가 얼마나 가나 보자!"

내게 거짓말을 해봐

한 부대에서 10명의 소위들이 외출을 나갔다.

소위들은 복귀 시간에 아무도 나타나지 않았고 1시간이 지나서야 한 명이 나타났다.

부대장이 화가 나서 말을 하려고 하자 소위가 변명했다.

"죄송합니다! 오늘 데이트가 있었는데, 버스 시간을 놓쳤습니다. 택시를 잡아탔는데 고장이 났고, 농장에서 말을 한 마리 빌려 탔는데 달리다가 길에 쓰러져서 죽었습니다. 그래서 10Km를 뛰어오느라 늦었습니다!"

부대장은 믿어지지 않았지만 그냥 들여보내 주었다.

잠시 후 두 번째 소위가 나타나서 말했다.

"죄송합니다. 오늘 데이트가 있었는데, 버스 시간을 놓쳤습니다. 택시를 잡아탔는데 고장이 났고, 농장에서 말을 한 마리 빌려 탔는데 달리다가 길에 쓰러져서 죽었습니다. 그래서 10Km를 뛰어오느라 늦었습니다!"

부대장은 더욱 믿어지지 않았지만, 첫 번째 소위를 봐주었기 때문에 어쩔 수 없이 들여보냈다. 하지만 모든 소위들은 계속 똑같은 말을 반복했고 마지막 한 명의 소위가 들어왔다.

"죄송합니다! 오늘 데이트가 있었는데, 버스 시간을 놓쳤습니다. 택시를 잡아탔는데……."

그러자 부대장이 말을 끊으며 말했다.

"내가 맞춰볼까? 택시가 고장이 났지?"

그러자 소위가 대답했다.

"아닙니다! 길 위에 죽은 말들이 너무 많아서 피해 다니느라 늦었습니다!"

무시하냐?

금봉은 백수로서의 본분을 다하기 위해 가사 일에 전념을 하기로 결심했다. 청소하고, 설거지하고, 마지막으로 세탁기를 돌리려던 금봉.

그런데 세탁기에 전원을 넣는 순간, 세탁기가 삐삑~ 거리면서 오작동을 했다.

순간 금봉은 화가 나서 세탁을 그만두어야 했다.

그 세탁기에 나온 말은…….

"뚜껑 열림…… 뚜껑 열림……."

201

눈이 있으면 봐

어느 날 한가로이 토끼가 길을 가고 있었다.

갑자기 난데없이 나타난 호랑이.

"야~ 잘 걸렸다. 너 좀 이리 와봐."

"어? 넌 누구야?"

토끼는 호랑이라는 동물을 처음 봤기 때문에 놀라서 가만히 서 있기만 했다.

"동물의 왕 호랑이님을 모르는 거냐?"

호랑이가 코웃음을 치며 말했다.

여태까지 동물 사이의 왕의 사자라고 알고 있던 토끼는, 이상한 놈이 자신을 위협하니 당황스러웠다.

그래서 토끼는 말했다.

"아~ 내 친구 중에 싸움 잘하는 애 있는데, 한 판 붙어볼래?"

그러자 호랑이가 잔뜩 흥분하면서 말했다.

"뭐? 누군데? 빨리 데리고 와!"

이리하여 호랑이와 토끼는 사자를 찾아가게 되었다.

토끼는 사자 굴 입구에 호랑이를 기다리라고 시킨 후, 사자에게 다가가 말했다.

"사자야! 너보다 어떤 애가 싸움 잘한다고, 너한테 덤벼보래."

그 말을 들은 사자는 흥분하며 말했다.

"어떤 놈인지 몰라도 죽었다. 그 놈 어디 있어?"

사자는 흥분을 참지 못하고 사자굴을 나서다 호랑이와 마주쳤다.

그리고는 곧바로 꽁지가 빠져라 달아나기 시작했다.

토끼가 깜짝 놀라 사자한테 쫓아가서 물었다.

"야~ 왜 싸워 보지도 않고 도망가?"

그러자 사자 왈,

"헉헉!! 야, 너도 그 놈 몸에 문신 봤냐?"

그게 아니야

금봉이 군복무 중에 애인 면회로 외박을 나갔다.

둘은 신나게 놀다가 밤이 되어 같이 여관에 가게 되었다.

손만 잡고 자기로 하고 눕긴 했지만 금봉과 애인은 둘 다 잠을 이루지 못하고 있었다.

두어 시간이 지나 금봉은 용기를 내서 애인 위로 올라갔다.

그러자 애인 왈,

"너 왜 그러니?"

단지, 이 한 마디에 당황한 금봉이는 하는 말.

"어! 넘어가려고……."

정답은 의외로 쉽네

금봉은 어느 날 밤하늘에 있는 별을 세어보다 별이 모두 몇 개인지 궁금해졌다.

그래서 별이 다 사라질 때까지 그 수를 세어 봤지만 정확하게 알수가 없었다.

하는수 없이 금봉은 유명한 천문학자를 찾아갔다.

"선생님 하늘의 별은 모두 몇 개일까요? 가르쳐 주세요?"

그러면서 금봉은 하루종일 천문학자를 졸라댔다.

천문학자는 귀찮아서 한 마디했다.

"젊은이 그만두게."

그 말을 들은 금봉은 좋아서 어쩔 줄을 몰라했다.

왜 그랬을까?

정답 : 별이 90,002개라고 했으니까.(그만두게)

고해성사

1998년 한 독일 남자가 성당에 와서 고해성사를 했다.

"신부님, 저는 죄를 지었습니다. 이차대전 동안 유태인 한 명을 저희 집 다락에 숨겨줬습니다."

"형제여, 그것은 죄가 아닙니다."

"하지만 그 사람으로부터 숙박비를 계속 받았습니다."

"음……. 그건 바람직한 방법은 아니었지만, 어쨌든 죄를 진 것은 아닙니다."

"오, 감사합니다. 신부님, 제 마음이 훨씬 더 편해졌어요. 그런데 한가지 여쭤볼 게 있어요."

"말씀하세요"

그러자 독일남자 왈,

"2차대전이 끝났다고 얘기를 해줘야 할까요?"

선녀와 나무꾼

[하나]

몰랐었다.

훔친 그녀의 옷이 그렇게 비쌀 줄은……

그리고 그 할부융자가 우리 집으로 오리란 걸.

옆에서 코를 고는 선녀 마누라를 보며 애꿎은 옥황상제만 죽도
록 원망했다.

[둘]

폭포수에서 확인했어야 했다.

옷을 훔칠 때 똑바로 봐뒀어야 했다.

사이즈가 엑스라지인지 그 누가 알았으랴.

가뜩이나 비좁은 방…….

그녀가 들어온 후엔, 두레박만 봐도 왠지 눈물이 난다.

[셋]

나한테 뭐라 하지 마소.

선녀가 담배 피운다 하면 당신인들 믿겠소.

꽉 찬 그녀의 재털이를 갈아주며, 자식이 생긴다면 분명히 가르 칠 꺼요.

행여, 어떤 싸가지 없는 사슴이 너에게 숨겨 달라고 오면, 고놈 발모가지를 분질러 라이트 훅~ 날린 후에 포수에게 넘기라고. 지 상이건 천상이건……. 이제, 선녀다운 선녀는 존재하지 않는다고.

[넷]

귀중한 정보를 입수하자마자 난 그 폭포로 달려갔다.

그때 목욕을 하던 선녀가 나를 가리키며 옷을 훔쳐가려는 도둑 놈이라고 마구 욕을 해대었다. 알 수 없었다.

난 그저 금도끼 은도끼만 얻으면 되는데.

[다섯]

그녀를 아내로 얻은 뒤로 난 늘~ 가슴이 설랬다.

그녀를 닮은 예쁜 딸을 보고싶어 애가 탔다.

하지만 1년, 2년, 3년……. 이런~! 그년은 선녀도 아니다.

사람이 하는 짓은 죄다 따라 하다니. 피임까지도…….

특수요원 공공익

우리 나라에는 3대 특수 요원들이 있다.

첫 번째가 안기부 요원, 그리고 공수부대 특전요원, 그리고 공익 요원이다.

그중 북한에서 가장 두려워하는 요원은 바로 공익 요원이다.

공익 요원은 지금까지 김일성이 두려워서 남침하지 못했던 방위를 개편해서, 미국의 그린베레를 본따서 (그래서 복장이 Green이다) 더욱더 강하게 만든 특수 요원들이다.

이들은 계급도 군번도 이름표도 없는 특이한 녹색 복장을 입고 다니며, 군인도 아닌 것이 민간인도 아닌 것이 도대체 실체를 파악할 수 없는 특수집단이라고 알려져 있다.

이러한 사실들은 극도의 기밀 사항이기 때문에 일반인들에게 잘 알려져 있지 않지만, 공익 요원은 크게 몇 가지 파트로 나누어진다.

1. 주차 단속 요원

주차 단속 요원들은 평상시에는 자신의 신분을 철저히 감춘채 주차 단속을 하지만, 전시만 되면 대형 주차딱지 한 다발을 들고 적의전차 (요즈음은 항공기, 잠수함에도 붙인다고 함)에 주차딱지를 붙임으로써 적 전차를 무용지물로 만들어버린다.

2. 산악 요원

산악 요원들은 평상시에는 깊은 산 속에 쌍박혀 (이것을 혹자들은 '비트' 라고 함) 몇 달 며칠 간 밥을 먹지 않고 라면과 소주만을 먹으며 고스톱을 쳐대는 무서운 특수 요원들이다. 이들은 공무원 아저씨들이 어떻게 찾든 들키지 않고 피할 수 있을 정도로, 동물과 같은 감각을 지니고 있다고 한다. 일설에 의하면 (이것은 기밀사항 이므로 될 수 있으므로 남들에게 얘기하지 말 것) 저번에 죽은 무장공비 11명은 같은 편 공비들에게 죽은 것이 아니라, 우리의 산악 요원들에게 당했다고 함.

3. 우편 배달 요원

이들은 평상시에는 우편 업무를 하다가 전시에는 적들이 어느 오지에 있든, 적의 주소로 폭탄 소포를 가지고 가서 직접 전달한다고 함. (이들은 내 추측하기로는 우리 나라 기술로는 토마호크 같은 미사일을 만들지는 못하고 미사일 살 돈도 없고 하니까 남아도는 것은 인력뿐이라는 결론이 나서 이들 요원들을 양성한 것으로 추측됨. 그러니까 일종의 인간 순항 미사일)

그 외에도 우리 사회의 안전을 위해 암암리에 활약하고 있는 공익 요원들이 많으나, 워낙 베일에 쌓여 있어서 알려진 것은 별로 없다.

추락하는 염소는 날개가 없다

한 남자가 절벽에 서 있었다.

남자는 절벽이 얼마나 높은지 알아보기 위해 절벽 밑으로 돌을 하나 떨어뜨렸다.

아무 소리도 나지 않았다.

그래서 이번에는 큰 자갈을 하나 떨어뜨렸다.

역시 아무 소리도 나지 않았다.

남자는 확실히 하기 위해 옆에 있던 쇠기둥을 들어 떨어뜨렸다.

그래도 역시 소리는 나지 않았다.

그런데 조금 후 갑자기 염소 한 마리가 나타나더니, 미친 듯이 절벽으로 뛰어가서는, 휙 뛰어내리는 것이었다.

이상하게 생각한 남자는 한참 절벽 밑을 바라보았다.

잠시 후, 뒤에서 한 농부가 나타났다.

농부 : 이봐요. 여기서 내 염소 못 봤어요?

남자 : 물론 봤죠. 그런데 미친 염소인가 봐요? 절벽 밑으로 뛰어내리던걸요?

그러자 농부가 말했다.

농부 : 하하, 그럼 제 염소가 아니에요. 제 염소는 큰 쇠기둥에 묶어 놨었거든요.

토끼와 거북이와 달팽이

거북이와의 경주에서 진 토끼가 씩씩대며 집으로 돌아가 분을 삭히고 있는데 '똑똑!' 하는 소리가 들렸다.

대문을 열어보니 달팽이가 자신을 쳐다보며 서있는 게 아닌가!

"너 거북이한테 졌다며? 푸하하하! 얼레리~ 꼴레리~ 토끼는 거북이보다 달리기도 못한 대요."

달팽이의 말에 화가 난 토끼는 달팽이를 뻥~ 차버렸다.

그리고 1년 뒤,

1년 동안 운동을 열심히 한 토끼는 다시 거북이에게 도전장을 보냈고, 며칠 후에 경주를 했는데 또 지고 말았다.

또 다시 집에서 씩씩대고 있는데 이번에도 문에서 '똑똑!' 하는 소리가 들렸다.

문을 열어보니 1년 전 그 달팽이가 와 있었다.

놀란 토끼가 왈,

"너 또 놀리려고 왔냐?"

라고 물었더니 달팽이 왈,

"너 지금 날 발로 찼냐?"

저도 할 수 있어요

회사에 구인광고가 붙었다.

'사원 모집. 워드 분당 300타, 컴퓨터 프로그래밍 가능, 2개 국어 가능자. 그 외에는 자격 조건 없음'

개 한 마리가 지나가다가 광고를 보고 회사로 들어가서 지원을 했다.

담당자는 어이가 없어서 말했다.

"우린 개를 고용할 수 없단다."

그러자 개는 '자격 조건 없음' 이라고 적혀진 부분을 앞발을 들어 가리켰다.

담당자가 말했다.

"좋아, 그럼 이 서류 타이핑 해봐라."

그러자 개는 타자기로 가더니 분당 500타로 서류를 작성해왔다. 담당자는 놀랐지만 다시 주문했다.

"그래, 그럼 이 프로그램을 한 번 작성해 봐."

개는 컴퓨터 앞에 앉아서 10분 만에 프로그램을 작성하고 실행시켰다. 담당자는 당황했지만 잠시 후 미소를 띄우며 말했다.

"좋아, 하지만 우린 2개 국어를 할 수 있는 사원을 모집하거든. 넌 안 되겠다."

그러자 개가 말했다.

"야~옹."

내가 최고다

헤라클레스와 백설공주 그리고 변강쇠가 한자리에 모였다.

그들은 서로 자기 자랑을 했다.

헤라클레스 왈,

"이 세상에서 나만큼 힘센 사람은 없다."

백설공주 왈,

"이 세상에서 나보다 예쁜 여자는 없다.

변강쇠 왈,

"이 세상에서 나보다 더 많은 여자와 잔 인간은 없다."

그들은 서로 자기가 잘났다. 아니다 하면서 티격태격 싸우다가 결국엔 진실을 말해 준다는 아프로디테 성으로 들어가 누가 더 잘났는지 밝히기로 했다. 먼저 헤라클레스가 성으로 들어갔다 나왔다.

"하하하, 어때 내 말이 맞잖아."

그 다음으로 백설공주가 성으로 들어갔다.

"그것 봐. 나보단 예쁜 여자는 없어."

그 다음으로 변강쇠가 성으로 들어갔다.

그런데 변강쇠는 울면서 나오는 것이었다.

"씨바……. 클린턴 이 새끼는 누구야."

이곳은 개그 사냥 녹화 현장

마침 폭소삼국지의 녹화를 준비하고 있었다.

조조 : 하후돈, 이런 무식한 놈.

212

장비 : 아니, 이 장비를 두고 어디서 무식을 논하려는 거요?

내가 최고의 무식이요.

하후돈 : 무슨 말씀을, 나야말로 최고로 무식하오.

장비 : 하하, 나는 1+1도 모르오 그러니까 내가 최고로 무식하오.

하후돈 : 하하, 나는 그게 덧셈이라는 것도 모르오. 어디서 무식을 뽐내려 하시오.

진짜로 무식했던 둘은 누가 더 무식한지를 두고 싸움을 하게 되었고, 결국은 변강쇠가 비운의 눈물을 흘렸던 진실의 성에 가서 진실을 알아내기로 했다.

이벤엔 장비와 하후돈이 나란히 성에 들어갔다.

잠시 지나지 않아 두 명 다 울면서 뛰쳐 나왔다.

그러면서 하는 말,

"씨바……. 도대체 김영삼이 누구야?"

이번엔 사람이 아니라 가전제품들이 모여 싸움을 했다.

먼저 히터가 말했다.

"내가 최고로 따뜻해. 그러니까 사람들이 겨울만 되면 나를 찾는 거라고."

그러자 텔레비전이 말했다.

"내가 최고로 재미있어. 그러니까 사람들이 틈만 나면 내 앞에 앉는 거라고."

에어컨도 말했다.

"내가 최고로 시원해. 그러니까 여름철엔 내가 없어서 못 산다구."

이들도 역시 티격태격 싸우다가 진실의 성으로 갔다.

먼저 히터가 들어갔다 나왔다.

히터 왈,

"그것 봐, 내가 최고로 따뜻하다고."

텔레비전도 나왔다 들어갔다.

"이제 내가 최고로 재밌다는 사실을 알았겠지?"

에어컨도 역시 들어갔다.

그리고 잠시 후 에어컨이 울면서 뛰쳐나왔다.

에어컨 왈,

"씨바……. 도대체 이정현이 누구야?"

비밀은 없어

한 꼬마가 동네 친구에게서 흥미로운 사실을 들었다.

"야, 어른들은 꼭 비밀이 한 가지씩은 있거든? 그걸 이용하면 용
돈을 많이 벌 수 있다."

꼬마는 실험을 해보기 위해 집에 가자마자 엄마에게 말했다.

"엄마, 나 모든 비밀을 알고 있어."

그러자 엄마가 놀라서 꼬마에게 만원을 주면서 말했다.

"아가, 절대 아빠에게 말하면 안 된다."

꼬마는 아빠가 돌아오길 다렸다가 아빠에게 슬쩍 말했다.

"아빠, 나 모든 비밀을 알고 있어."

그러자 아빠가 꼬마를 방으로 조용히 데리고 가서 2만원을 주며
말했다.

"너 엄마에게 말하면 안 된다."

꼬마는 계속 용돈이 생기자 신이 나서 다음날 우편집배원 아저
씨가 오자 말했다.

"아저씨, 나 모든 비밀을 알고 있어요"

그러자 우편집배원은 눈물을 글썽거리며 말했다.

"이리 와서 아빠에게 안기려무나."

휴지의 용도

하루는 금봉이가 친구들과 당구를 치고 있었다.

그 때 옆 당구대에서는 한 후배 녀석이 자기 하숙방 형들과 당구
를 치고 있었다. 후배가 금봉을 보고는 아는 체하며 다가와 금봉에
게 얘기를 꺼냈다.

"어제 친구들하고 세 명이서 포르노를 봤는데 휴지 한 통을 다
썼어요. 우와~ 그거 진짜 죽이더라구요."

그러자 금봉 왈,

"포르노가 되게 슬펐나 보지?"

진리는 단순하다

'철학과 윤리'라는 '존재하는 것은 존재한다고 할 수도 있고 존재하지 않는다고 할 수도 있다. 선한 것이 선한 것이냐 악하지 않은 것이냐 선함이 없는 것이냐?' 등등의 아찔한 내용으로 수업을 진행하신 하얀 머리 노교수님이 드디어 기말고사 문제를 터억 던져 주셨는데 문제는 오직 한 문제…….

"勇氣(용기)에 對(대)해서 論(논)하라."

오픈북 테스트였기 때문에 한숨소리 반쯤과 샤라락~ 책 넘기는 소리 반쯤이 들려오던 그 순간.

교실 저편에서 한 친구가 책가방을 들더니 시험지를 내고 당당히 나가는 것이었다. 당연히 조교를 위시한 모든 학생들의 이목이 집중됐다. 동시에 모두의 생각…….

"에구……, 미친놈. 뭐라도 좀 쓰지."

그러나 나중에 녀석한테 물어보니 그 녀석의 학점이 A.

다섯 글자로 끝내 버린 그 녀석의 답은 바로…….

"바.로.이.런.것."

이럴 때 황당하다

어느 한적한 평일.

금봉은 열심히 채팅을 즐기고 있었다.

그러다가 갑자기 금봉에게 1 : 1 신청이 들어왔기에 금봉은 심심하던 차에 잘됐다고 생각하고 승낙을 했다.

그런데 그 방으로 가자마자 갑자기 그 놈이 갑자기 욕을 퍼붓는 것이 아닌가!

황당한 금봉은 욕을 같이 퍼붓다가 방을 나와버렸다.

그런데 이번에는 쪽지로 욕이 막 날아오는 것이었다.

금봉 또한 한참 쪽지로 욕을 날려보냈다.

그 놈은 금봉이 보낸 쪽지에 충격을 먹었는지 한동안 잠잠했다.

그러다가 날아온 쪽지 한 장.

"반사!"

야채와 나체

"야채" 이행시가 유행한 적이 있었다.

야 : 야! 주소 불러 봐!

채 : 채림 쩜! 하이홈 쩜! 컴!

금봉은 술자리에서 친구들에게 이 이야기를 써먹기로 마음먹었다.

친구 : 야! 재미있는 이야기 하나 해 봐라.

금봉 : 너, 혹시 '야채' 이행시 아냐?

친구 : 모르는데? 한번 해 봐.

금봉 : 그럼 운을 띄워라.

친구 : 그래 그럼. "나"

금봉은 당황스러웠다.

친구가 '야채'라고 한 것을 '나체'로 들은 것이었다.

금봉 : '나체'가 아니라 '야채'다! 에라~ 이 사상이 불순한 놈아.

금봉은 친구가 다시 '야채'로 운을 떼어 주기를 바랐다.

그러나 친구는 이렇게 대답했다.

친구 : 체~

체제의 차이

남북한 사람이 비행기 옆 좌석에 앉아 여행을 하게 되었다.

남한 사람이 말했다.

"우린 위급한 상황에서는 전화기를 들고 '119'를 누르면 경찰이나 소방서로 연결된다오. 그쪽은 어떤 번호를 눌러요?"

그러자 북한 사람이 비웃으며 말했다.

"그런 거 필요 없수다래. 우린 아무거나 눌러도 당에서 다 듣고 있지요."

발음상의 문제

한 대학생 킹카가 있었다.

그는 돈도 많고 얼굴도 잘 생겨 누구나 그와 사귀고 싶어했다.

그러나 킹카의 단 하나의·약점은 'ㄹ' 발음이 안 된다는 것이었다.

어느 화창한 날 킹카는 친구들과 함께 미팅에 나갔다.

예상대로 모든 여자들은 킹카에게 반했고, 반면 다른 남자들은 기가 죽어 있었다.

그때 웨이터가 와서 주문을 하라고 했다.

주문판을 본 킹카는 순간 당황했다.

주문판에 코카콜라와 칠성사이다만 있는 것이 아닌가?"

한참을 고민한 킹카는 "난 COKE" 하고 말했다

그것을 들은 여자들은 또 한 번 감동하며 킹카를 사랑의 눈길로 쳐다봤다.

모든 관심이 자기에게 쏠리자 킹카는 너무 기분이 좋았다.

그래서 카페를 나설 때 킹카는 자기가 계산을 하겠다고 나섰다.

그러나 'ㄹ' 발음이 안돼는 킹카는 "얼마예요" 하는 말을 할 수가 없었다.

어떻게 할까 한참을 고민한 킹카는 "How much"라고 했다.

이 말에 또 한 번 여자들은 감탄했다.

그런데 문제는 이 아줌마가 영어를 알아듣지 못한다는 것이었다. 할 수 없이 킹카는 안돼는 발음으로 잘 하려고 하다가 얼마예요를 "엄마예요?"라고 물었다.

킹카에게 반한 여자들은 자기의 귀를 의심하며 농담이겠지 생각했고 아줌마는 "그럼 당연하지 애가 둘이야." 하는 것이었다.

어렵게 계산을 끝내고 나온 킹카는 안도의 한숨을 쉬었고 모든 여자들이 자기에게 전화번호를 물어보자 너무 기분이 좋은 나머지 엉겁결에 이렇게 말했다.

"파파치에 치파파치"

말의 의미

네 자매가 합동결혼식을 하였다.

예식 후 세 딸은 제주도로 신혼여행을 갔고, 막내딸은 부산으로 신혼여행을 갔다.

다음날, 애들이 첫날밤을 잘 보냈는지 궁금해 하던 친정엄마.

먼저 제주도로 신혼여행을 간 세 딸에게서 전화가 왔다.

첫날밤에 대해 묻자,

첫째 딸 "엄마, 우리 그이는 레간자다!"라고 하였고,

둘째 딸 "우리 그이는 사발면이야. 어쩌면 좋지?"

셋째 딸 "우리 그이는 애니콜이야!" 하는 게 아닌가.

(해설) 1. 레간자 : 소리없이 강하다

    2. 사발면 : 3분이면 OK.

    3. 애니콜 : 때와 장소를 가리지 않는다.

막내딸에게만 소식이 없자, 엄마는 먼저 전화를 걸어 첫날밤에 대해 물었다.

그러자 막내딸은 "우리 그이는 새마을호야!"라고 하는 것이었다.

그게 무슨 뜻인지 궁금했던 친정엄마, 직접 새마을호를 타고 부산에 갔다.

그러나 부산역에 도착할 때까지 알아낼 수가 없었다.

그런데 내릴 준비를 하고 있는데 이런 안내방송이 나왔다.

"저희 새마을호를 이용해 주신 승객 여러분 대단히 감사합니다. 저희 새마을호는 일일 8회 왕복운행을 하고 있으며 승객 여러분의 편의를 위해 주말에는 15회 왕복운행을 하고 있습니다."

지나친 호의

나이가 지긋한 할아버지가 병원에 입원하게 되었다.

그런데 담당 간호사가 너무 친절하게 서비스해 주는 것이었다.

하루는 노인이 안락 의자에서 앉아 몸을 왼쪽으로 기울이고 불편한 자세로 앉아 있었다. 그 모습을 본 간호사는 얼른 왼쪽 옆구리에 베개를 하나 받쳐 주었다.

다음날 회진 때 보니 노인이 이번에는 오른쪽으로 몸을 완전히 기울이고 있는 것이었다.

그래서 이번에는 오른쪽 옆에 베개를 받쳐 주었다.

그런데 그 다음날은 몸을 앞으로 기울인 채 앉아 있길래 아예 의자 등받침과 노인의 몸통을 끈으로 묶어 주었다.

가족들이 면회를 와서 노인에게 물었다.

"아버지, 병원이 마음에 드세요?"

그러자 노인은 밝은 표정을 지으며 대답했다.

"응~ 간호사도 너무 친절하고 좋아. 그런데……."

인상을 찡그리며 노인 왈,

"간호사가 방귀를 못 뀌게 해."

잘못된 배출

정자들이 배출 직전에 모여 서로 이야기를 하고 있었다.

정자1 : 난 나가서 야구선수가 될 거야.

정자2 : 난 나가서 훌륭한 의사가 될 거야.

정자3 : 난 잘빠진 모델.

정자4 : 난 중국집 주방장.

정자5 : 난 가수.

그때였다.

맨 앞에서 달리던 정자가 갑자기 뒤를 돌아보며 다급하게 소리쳤다!

"이런 젠장!!!!! 방금 편도선 지났어!!!!!"

인내심 좀 기르시지

섬 처녀가 선을 보게 되었다.

드디어 맞선 보는 날이 되어 치장을 하고 준비를 끝마쳤는데 시

간을 보니 뱃시간이 지난 것이었다. 여자는 부리나케 뛰어갔다.

그런데 항구에서 배가 2미터 정도 떨어져 있는 것이 아닌가?

섬 처녀는 있는 힘을 다해 점프를 하였다.

물에 빠졌지만 다행히도 선원이 구해 주었다.

섬 처녀의 옷은 걸레가 되고 화장도 다 지워졌지만 그래도 섬 처녀는 배를 탔다고 안도의 한숨을 쉬었다.

그때 선원이 하는 말.

"아이구, 처녀 10초만 기다리면 배 도착하는디~"

어떤 간호사

말소리도 조용조용하고 생김새도 여성스러운 신입 간호사가 있었다. 그녀는 간호사가 된 지는 얼마 되지 않아 수술실에 들어가서 참관만 하는 수습기간이었다.

그러던 어느 날,

그녀는 어떤 어린아이의 탈장 시술 중인 수술실에 참관하게 되었다.

그녀의 생긴 것과 다르게 심한 변비환자였다.

갑자기 신성한 수술실에서 방귀를 뀌게 된 것이다.

그러나 그녀의 방귀마저도 조용~조용~ 다소곳이 소리 없이 뀐 것이다.

그래도 도둑이 제 발 절인다고 의사와 다른 간호사의 얼굴을 재빨리 몰래 보았다.

의사와 간호사 둘 다 묵묵히 수술만 진행하고 있을 뿐이었다.

안심하고 회심의 미소를 여유롭게 수술 과정을 보고 있는데 의사 왈,

"씨발~ 간호사, 얘 똥 쌌나 좀 봐요."

엉뚱한 횡재

두 남자가 시골에서 차를 타고 가다가 고장이 났다.

밤이 다 된 시간이라 둘은 한 저택의 문을 두드렸다.

그러자 문이 열리고 과부가 나왔다.

"자동차가 고장났는데 오늘 하룻밤만 묵을 수 있을까요?"

과부는 허락했고 두 남자는 다음날 아침 견인차를 불러 돌아갔다. 몇 달 후에 그 중 한 남자가 자신의 받은 편지를 들고 다른 남자에게 갔다.

"자네, 그날 밤 그 과부와 무슨 일 있었나?"

"응, 즐거운 시간을 보냈지."

"그럼 혹시 과부에게 내 이름을 사용했나?"

"어, 그걸 어떻게 알았나?"

그러자 남자 왈,

"그 과부가 며칠 전에 죽었다고 편지가 왔는데, 나에게 5억원을 유산으로 남겨줬어."

그게 뭔지 잘 몰라

어느 날 바보가 학교에서 혼자 놀고 있던 날!

한쪽 구석에선 친구 몇 명이 바보를 보며 소곤대고 있었다.

친구1 : "야! 바보한테 빠큐를 하면 어떤 반응을 할까?"

친구2 : "글쎄, 워낙 엉뚱한 놈이라서……."

친구3 : "한번 해봐~!"

친구들은 슬금슬금 바보에게 다가갔다.

그리곤 일제히 그 바보를 불렀다.

바보가 친구들을 향해 고개를 돌리는 순간!

친구들은 모두 가운데 손가락을 들며 빠큐를 하였다.

그러자 바보는 멍청히 천장을 바라보고 있었다.

왜 울어?

성대에 다니던 어떤 여대생이 학교에 가려고 버스를 기다리는데 오래도록 버스가 오지 않고 있었다.

강의 시간도 촉박하고 해서 고민하던 중, 어느 멋진 남자가 차를 몰고 오더니 "성대"라고 외치는 것이었다.

여대생은 한참동안 갈등을 했다.

'강의 시간이 촉박하지만 모르는 사람의 차를 어떻게 타지? 그리고 난 예쁘니까 혹시 잡아서 팔아버리면 어쩌지?'

그렇게 갈등을 하고 있는데 모범학생으로 보이는 한 남학생이 쪼르르 뛰어 가더니 그 차에 타는 것이었다.

그래서 그 여대생도 '저렇게 모범학생처럼 보이는 사람이 탔으니 설마 나쁜 사람은 아니겠지' 라고 생각하면서 그 차 뒷자석에 탔다.

이윽고 차가 출발을 했는데, 그 차는 성대로 가지 않고 반대 방향으로 가는 게 아닌가?

게다가 운전하는 사람은 입가에 희미한 미소를 머금으면서 운전석 거울로 뒷자리를 힐끔힐끔 쳐다보는 것이었다.

또한 옆에 있는 모범학생으로 보이는 남자도 계속 그 여대생에게 계속 곁눈질을 했다. 분위기가 심상치 않음을 깨달은 그 여대생은 눈물이 났다.

'아! 이렇게 팔려가는구나. 예쁜 것이 화근이 될 줄이야. 훌쩍~ 훌쩍~'

그러자 조용히 운전을 하던 남자 왈,

"성대야. 네 여자친구 왜 우는데?"

내 전공이 그거여

물리대생과 상대생과 공대생이 살인을 저질러 나란히 사형선고를 받았다.

사형 방식은 전기의자.

물리대생이 제일 먼저 앉았다.

"죽기 전에 마지막으로 할 말은 없는가?"

"없습니다."

집행관은 스위치를 올렸다.

근데 작동이 안 되는 것이다.

그래서 물리대생은 풀려나고 상대생이 앉았다.

"죽기 전에 마지막으로 할 말은 없는가?"

"없습니다."

집행관은 스위치를 올렸다.

근데 작동이 또 안 되는 것이다.

역시 상대생도 풀려나고 이번엔 공대생이 앉았다.

"죽기 전에 마지막으로 할 말은 없는가?"

그러자 공대생 왈,

"검은색과 빨간색 코드를 바꾸어 꽂으면 작동할 겁니다."

직업병

산타클로스가 선물을 나눠주러 다니던 중, 한 집의 굴뚝으로 들어갔다. 집 안에서는 아름다운 아가씨가 소파에 앉아 그를 기다리고 있었다. 산타는 그녀를 무시하고 선물을 양말에 넣고 막 나가려고 하였다.

그때 아가씨가 산타에게 매혹적인 목소리로 말했다.

"산타클로스~ 나와 잠시 함께 있지 않겠어용?"

"안돼. 안돼! 아이들 선물을 나눠줘야 돼."

소파에서 일어난 아가씨가 가운을 벗으며 속삭였다.

"산타클로스~ 나와 잠시 함께 있지 않겠어용?"

"안돼. 안돼! 아이들 선물을 나눠줘야 돼."

아가씨가 란제리를 벗으며 천천히 다가서며 속삭였다.

"산타클로스~ 나와 잠시 함께 있지 않겠어용?"

"안돼. 안돼! 아이들 선물을 나눠줘야 돼."

아가씨가 속옷을 모두 벗고 산타에게 몸을 비비며 속삭였다.

"산타클로스~ 나와 아주 잠깐만 함께 있지 않겠어용?"

그러자 산타클로스가 얼굴이 벌개지며 말하였다.

"누워, 이년아! 내 물건이 이만해져 가지고는 굴뚝으로 못 나가
겠어!"

한민족의 자존심

일본에서 관광객이 놀러왔다.

한국의 가이드가 그를 동물원으로 데리고 갔다.

먼저 처음으로 호랑이를 보여줬는데, 일본 관광객이

"한국 호랑이는 왜 이렇게 작습니까? 일본 호랑이는 집채만 합니
다."

그러는 것이었다.

열받은 가이드가 이번에는 코끼리를 보여줬다.

그랬더니 일본 관광객 왈,

"한국 코끼리는 왜 이렇게 작습니까? 일본 호랑이는 산채만 합니다."

그래서 열이 잔뜩 오른 가이드는 맨 마지막 순서로 갔다.

거기에는 캥거루가 열심히 이리저리 뛰고 있었다.

일본 관광객이 물었다.

"저건 뭡니까?"

그러자 가이드가 말했다.

"메뚜기다. 씹새끼야!"

전 아닌데요

한 여고생이 학교수업이 끝나고 즐거운 마음으로 집으로 가는데 다니엘 학교 차가 지나가고 있었다.

다니엘 학교 차 속에 타고 있는 애들은 정신적, 육체적 장애가 있는 아이들이었다.

그 여고생은 그 차가 다니엘 학교 차인지를 모르고 있었다.

차는 잠시 신호에 걸려 멈춰 있었다.

차 속에 있던 어떤 남자애와 눈을 마주치는 순간.

그 남자애는 여고생에게 가운데 손가락을 펴서 오른손, 왼손 바꿔가면서 위, 아래로 흔들면서 지나가는 그 학생을 약올리는 것이었다.

그걸 본 여고생은 화가 났지만 참고 있다가 다음날 학교 차가 가고 있을 때, 차를 따라 뛰면서 그 남자애가 했던 것처럼 똑같은 오른손, 왼손, 위, 아래 바꿔가며 그 남자애를 향해 그 차를 향해 마구 뛰었다.

운전을 하면서 그 여고생을 보게 된 다니엘 학교 운전사가 갑자기 차를 멈추고 내리더니 여고생의 목덜미를 잡으며 말했다.

"이년아, 언제 내렸어? 얼른 타!"

담배와 심정 변화

분노 : 담배를 거꾸로 물고 필터를 태워 버렸을 때.

짜증 : 침으로 담뱃불을 끄려고 하는데 자꾸만 빗맞을 때.

황당 : 라이터 불에 앞머리를 태워 버렸을 때.

허무 : 한 개비밖에 안 남았는데 친구가 자꾸 담배 달라고 할 때.

비통 : 담배 옆구리가 터져서 잘 빨리지 않을 때.

갈등 : 아버지 담배를 슬쩍하려고 했는데 몇 개비 안 남았을 때.

억울 : 화장실 가서 담배 피우려고 했는데 라이터가 없을 때.

환장 : 조카한테 담배 사오고 거스름돈으로 과자 사먹으라고 했는데 애들한테는 담배 안 판다고 과자만 사올 때.

당황 : 통째로 떨어진 불똥이 어디로 갔는지 발견되지 않을 때.

슬픔 : 아버지가 솔담배 피고 계실 때.

똑똑한 청년과 장님 식인종

어느 날 정글에서 길을 잃은 사람들이 정글 속을 헤매고 있었다.

혹시나 식인종이 나타나지 않을까 하는 걱정으로 모두들 불안해
하고 있었는데, 역시나 식인종과 마주친 것이다.

그런데 그 식인종은 장님이었다.

사람들은 도망치려 했지만 그 식인종의 힘이 너무 세서 어쩔 수
없이 다 잡히고 말았다.

식인종은 모두들 다 잡아먹을 것이라고 말하며 한 줄로 서 있으
라고 명령했다.

식인종이 맨 앞에 서 있는 사람의 머리를 딱 만지더니 머리부터
'우걱우걱' 씹어먹어 버렸다.

다 먹은 후 바로 뒤에 있는 사람의 머리를 만져보더니 "대머리는
맛없어! 저리 꺼져!" 하고 했다.

운이 좋은 대머리는 그 사이에 도망쳐 버렸다.

그 후로 여러 사람들이 계속 먹히고 마침내 어떤 젊은이의 차례가 되었다. 그 청년은 아까 대머리는 꺼지라고 한 말을 생각해서 한 가지 꾀를 냈다.

자기의 엉덩이를 그 식인종한테 갖다댄 것이다.

장님인 식인종은 역시 그 엉덩이가 머리인 줄 알고 만졌다.

그리고는 젊은이의 엉덩이를 "좍~~악" 찢으며 식인종이 하는 말

"내가 한 줄로 서랬지!"

반응이 이렇다면

남자 : "우리 전에 어디서 만났죠?"
여자 : "아마 그럴 겁니다. 제가 비뇨기과에서 일하거든요."

남자 : "전에 어디서 뵌 것 같은데?"
여자 : "맞아요! 전 그 뒤부턴 거긴 절대 안 가요."

남자 : "아가씨! 옆자리 비었어요?"
여자 : "아저씨가 앉으면 금방 빌 거예요."

남자 : "전 좀 특별한 남자입니다."
여자 : "어머! 아직도 포경수술 안 하셨어요?"

남자 : "가실까요? 저희 집? 아님, 아가씨 집?"

여자 : "둘 다요 아저씨는 아저씨 집. 저는 우리 집."

남자 : "혹시 연락처라도……."

여자 : "전화번호부에 있어요."

남자 : "이름을 잘 모르는데요."

여자 : "그것도 전화번호부에 있어요."

남자 : "혹시 아가씨 직업이?"

여자 : "호모!"

남자 : "제가 컴퓨터 잠시 만져도 될까요?"

여자 : "Do not Enter!"

남자 : "아가씨 생일을 알 수 있을까요?"

여자 : "아예 주민등록번호를 알려드리죠. 7***** − 1*****!"

남자 : "삶은 계란 좋아하세요?"
여자 : "아뇨 전 무정란을 생으로 마십니다. 원샷."

남자 : "전 여자가 뭘 원하는지 아는 남자죠."
여자 : "그래요? 그럼 금방 가시겠네요?"

남자 : "저의 모든 걸 당신에게 바치고 싶습니다."
여자 : "어쩌나? 난 싸구려는 싫어하는데!"

남자 : "만약 아가씨 알몸을 볼 수 있다면, 전 미쳐버릴 겁니다."
여자 : "저두 아저씨 알몸을 본다면 우스워서 미쳐버릴 거예요!"

남자 : "당신의 몸은 성당과 같이 고결합니다."
여자 : "미안해요. 오늘은 미사가 없는 날이군요."

남자 : "당신에게 저의 뭐든 다 바치겠습니다."
여자 : "잘됐군요. 우선 아저씨 카드부터 시작하죠."

남자 : "전 숙녀에게 야한 농담 같은 건 절대 안 합니다."
여자 : "어쩌죠? 전 퀸카 조크 클럽 회원인데."

욕쟁이 꼬마

초등학교 3학년인 욕 잘하는 금봉이가 있었다.

금봉이가 입만 벌리면 욕을 해대는 바람에 선생님은 언제나 마음이 아팠다.

그러던 어느 날 학부모가 참관하는 공개수업의 날이 다가왔다.

선생님은 금봉이가 입을 벌려서 수업을 망쳐놓을까 봐 불안했다.

마침내 공개수업을 하는 날이 왔고 학부모들이 교실 뒤편에 모두 서 있었다.

수업이 시작되고 선생님은 아이들에게 단어 맞추기 문제를 냈다.

"여러분 'ㅂ'으로 시작하는 단어는 뭐가 있죠?"

모든 아이들이 손을 들었다. 욕 잘하는 금봉 역시 손을 들었다.

선생님은 절대 금봉이만큼은 시키고 싶지 않았다.

"그래 개똥이 학생 대답해 봐요."

"바다요."

"네, 바다가 있군요. 잘했어요. 그럼 'ㄱ'으로 시작하는 단어는 뭐가 있을까요?"

다시 모든 학생들이 손을 들며 '저요'를 외쳤다.

역시 금봉이도 손을 높이 들며 '저요'를 외쳤다.

선생님은 이번 역시 금봉이만큼은 시킬 수가 없었다.

"거기 말똥이 학생 대답해 봐요."

"강이요. 흐르는 강이요."

"네, 잘했어요."

선생님은 신이 나고 자신감이 붙었다.

자신이 가르친 학생들이 자신의 리드에 잘 따라와 준 것이 너무 감사했다.

"자 그럼 마지막으로 하나만 더 할까요? 'ㅎ'으로 시작하는 단어는 뭐가 있을까요."

하지만, 그 순간에는 모두들 침묵이었다.

선생님은 순간적으로 당황했다.

바로 그때 욕 잘하는 금봉이만 손을 들고 있는 것이 아닌가?

선생님 갑자기 금봉이가 믿음직스러워 보였다.

"그래요. 금봉학생. 'ㅎ'으로 시작하는 단어는 뭐가 있죠?"

"하룻강아지요!"

자심감에 붙은 선생님은 금봉이에게 그 뜻도 물어보았다.

"하룻강아지가 무슨 뜻이죠?"

그러자 금봉이 왈,

"졸라 겁대가리 짱박은 개새끼요!"

236

그거나 그거나

국어선생님 중에서 '요' 자체를 무지 싫어하시는 선생님이 계셨다.

'요' 자체는 일본의 잔재라고 무조건 '습니다' 체로 얘기를 해야 했다.

시간은 시험 기간.

그 선생님이 신입생들의 시험감독으로 들어가게 되었다.

당연히 신입생들은 그 선생님에 대해서는 전혀 알지 못했다.

선생님은 맨 앞에 앉아 있는 신입생을 가리켜 물으셨다.

"그쪽 줄 학생수가 몇 명이야?"

시험지를 나눠주시기 위해 한 줄마다 앉아 있는 학생 수를 묻고 계셨던 것이다.

그 여학생은 바로 이렇게 말을 했다.

"아홉 명이요."

그 말을 듣고 바로 그 선생님께서 화를 내시며 되물었다.

"뭐? 몇 명이라고?"

여학생은 너무 놀라서 자기가 잘못을 했나 하고 다시 학생수를 세어 보았다.

그러나 아홉 명이 맞았다.

여학생이 다시 한 번 똑똑하게 "아홉 명이요."라고 또박또박 말을 했다.

듣고 계시던 선생님 너무 화가 나셔서…….

"뭐라고? 다시 말해 봐. 몇 명이라고?"

여학생은 어리버리하게 다시 한 번 뒤를 돌아서 학생 수를 세어

보더니 울먹이는 목소리로 말을 했다.

"구인이요."

저도 이제 다 컸어요

〈하나〉

방 한 칸에서 가난하게 사는 부부와 아들이 있었다.

아들이 자랄 만큼 자라서 혹시나 볼까 봐서 밤일을 제대로 하지 못했다. 그래서 밤일을 할 때마다 남편이 아들이 자나 안 자나 확인하려고 성냥을 켜서 아들 얼굴 위를 비춰 보고 확인한 후 밤일을 치르곤 했다.

그러던 어느 날 밤 역시 성냥을 켜서 아들 얼굴 위로 비추는데 그만 성냥의 불똥이 아들 얼굴 위로 떨어지고 말았다. 그때 아들이 벌떡 일어나서 하는 말.

"씨발, 내 언젠가는 불똥 튈 줄 알았다니까!"

〈둘〉

그 뒤로 이들 부부는 더욱 조심하였다.

어느 날 밤 남편은 자는 아들을 툭툭 치면서 자는 걸 확인하고 부인에게 건너가려는데 어두워서 그만 아들의 발을 밟았다. 남편은 부인의 발을 밟은 줄 알고······.

"여보 안 다쳤어? 괜찮여?"

그러자 아들이 한 마디했다.

"내가 참으려고 했는디, 왜 지 발 밟고 엄니한테 그래유?"

〈셋〉

그 뒤로 남편은 없는 살림에 손전등을 사게 되었다. 손전등을 사던 그 날 모처럼 좋은 기회가 왔다.

역시 투자를 해야 된다는 깨달음을 알았다.

이들 부부는 오랜만에 쾌락을 나누었고 자뭇 흥분한 남편은 부인에게 "좋지?" 하고 물었다.

역시 흥분한 부인은 대답은 못하고 신음소리만 냈다.

좋다는 소리를 듣고 싶어하는 남편은 더 격렬하게 일을 치르면서 "이래도 안 좋아?" 하고 물었다.

절정에 오른 부인은 계속 신음 소리만 냈고 남편은 집이 움직일 정도로 몰아붙였다.

이에 천장의 메주가 아들 얼굴에 떨어지고 말았다.

그러자 아들이 화를 내면서 하는 말,

"엄니, 좋다고 대답 좀 해요! 아들 잡을 일 있어유."

〈넷〉

그 이후론 밤일을 하려면 모든 걸 살펴보고 해야만 했다.

아들이 곤히 잠든 날이었다.

남편은 부인 곁으로 가서 일할 자세를 취하였다.

그러자 부인이 말했다.

"여보 낼이 장날이잖아유. 새벽에 일찍 일어나 장터에 나가려면 피곤할 거 아니에유? 오늘은 그냥 잡시다요."

이때 자고 있던 아들이 한 마디했다.

"괜찮아유. 엄니! 내일 비온데유!"

⟨다섯⟩

다음날 정말 비가 왔다.

부부는 비가 오니까 더욱 그 생각이 났다.

남편은 오랜만에 낮에 하고 싶었는데 아들 녀석이 방 안에만 있는 것이었다.

눈치없는 아들에게 남편이 말했다.

"너 만덕이네 가서 안 놀려?"

부인도 거들었다.

"그려, 혼자 재미없게 뭐하나? 걔네 집서 놀지?"

그러자 아들이 퉁명스럽게 말했다.

"지를 눈치 없는 놈으로 보지 말아유. 그 집이라고 그거 생각 안 나겠서유?"

⟨여섯⟩

비는 그쳤고 마지막 장날이라 부부는 읍내장터에 갔다.

읍내에 가니 볼거리가 많았다. 그 중에서 눈에 띄는 것은 극장 포스터인데 외국배우 한 쌍이 야릇한 포즈를 취하는 그림을 본 것이다. 서서하는 포즈인데 남편은 오늘밤 집에 가서 해보려고 유심히 쳐다보았다. 그날 밤 남편은 포스터의 장면처럼 부인을 들어서 해보려고 힘을 썼다. 첨 하는 자세라 남편은 균형을 잃고 그만 넘어지고 말았다. 이에 아들은 깔리고 말았다.

아들이 깔린 채로 하는 말,

"그냥 하던 대로 하면 이런 일 없잖아유!"

시키는 대로 했는데요

1. 아내가 설거지를 하며 말했다.

"아기 좀 봐요!" 그래서 난 아기를 봤다.

한 시간 동안 보고만 있다가 아내에게 행주로 눈탱이를 얻어 맞았다.

2. 아내가 청소를 하며 말했다.

"세탁기 좀 돌려요!"

그래서 나는 낑낑대며 세탁기를 빙빙~ 돌렸다.

힘들게 돌리고 있다가 아내가 던진 바가지에 뒤통수를 맞았다.

3. 아내가 TV를 보며 말했다.

"커튼 좀 쳐요!"

그래서 나는 커튼을 툭 치고 왔다.

아내가 던진 리모콘을 피하다가 벽에 옆 통수를 부딪혔다.

4. 아내가 빨래를 널며 말했다.

"방 좀 훔쳐요!"

그래서 난 용기있게 말했다.

"훔치는 건 나쁜 거야."

아내가 던진 빨래바구니를 피하다가 걸레를 밟고 미끄러져 엉덩이가 깨졌다.

5. 아내가 아기를 재우며 말했다.

"아기 분유 좀 타요!"

그래서 난 분유통을 타고 '끼라끼랴' 했다.

아내가 던진 우유 병을 멋지게 받아서 도로 주다가 허벅지를 꼬집혀 시퍼런 멍이 들었다.

6. 아내가 만화책을 보던 나에게 말했다.

"이제 그만 자요!"

그래서 난 근엄하게 말했다.

"아직 잠도 안 들었는데 그만 자라니?"

아내가 던진 베개로 두들겨 맞고 거실로 쫓겨나 소파에 기대어 잠들었다.

7. 아직 잠에서 덜 깬 아내가 출근하는 내게 말했다.

"문닫고 나가요."

그래서 문을 닫았다. 나갈 수가 없었다.

한 시간 동안 고민하며 서 있는데, 아내가 보더니 엉덩이를 걷어

차고 내쫓았다.

8. 아기 목욕을 시키려던 아내가 말했다.
"아기 욕조에 물 좀 받아요!"
그래서 아기 욕조에 담긴 물을 머리로 철벅철벅 받았다. 아내가
뒤통수를 눌러서 하마터면 익사할 뻔했다.

오해야, 오해

수박장수가 트럭 운전을 하다 신호를 무시하고 달리다가 경찰
차를 만났다. 뒤에서 쫓아오는 경찰 차을 쳐다보며 수박장수는 우
선 튀고 보자는 마음으로 차를 몰고 골목으로 들어갔다. 이리 저리
빠져나가다가 막다른 골목에 다다른 수박장수.
그런데 경찰 차는 바로 뒤까지 열심히 따라온 것이었다.
수박장수는 하는 수 없이 차에서 내렸다.
동시에 경찰관들도 차에서 내렸다.
경찰관 차에서 내리며 하는 말.
"씨발~ 수박 하나 사먹기 드럽게 어렵네."

쌀의 위험성

- 쌀밥을 먹지 않았던 원시부족 시대에는 치매, 암, 성인병등의
  무서운 병들이 존재하지 않았다.
- 쌀이 주식이었던 18세기의 평균 수명은 50세 이하였으며, 유

아 사망률이 지극히 높았다.

– 국내 강간범의 98% 이상이 쌀밥을 먹은 뒤 24시간 내에 범죄를 저지르고 있었다.

– 비리공직자나 부패 국회의원들은 청탁자들로부터 1회 이상 쌀밥을 뇌물로 제공받은 것으로 드러났다.

– 국내 비만 여성의 90% 이상이 쌀밥 복용자이다.

– 의사들은 회생 가능성이 전혀 없는 환자들에게 안락한 사망을 위해 다량의 쌀밥 복용을 처방한다.

– "밥이 보약"이라며 의약품으로 불법 유통되기도 한다.

– 놀라운 전염성이 있다. 신혼부부의 97% 이상이 2세에게 쌀밥을 먹일 계획을 갖고 있다.

– 쌀밥의 중독성은 상상을 초월한다. 누구든 이틀만 굶겨 보도록 하라. 곧바로 "밥 달라!"는 말이 나올 것이다.

사기꾼

형사와 사업가가 얘기를 하고 있었다.

"어떤 사기꾼이 저의 대리인이라고 사칭하고 2억원의 돈을 여기 저기서 수금해 갔다는 겁니다. 2억원이면 다른 수금 사원 열 명이 해도 좀처럼 받아낼 수 없는 큰돈입니다. 형사님, 그 놈을 꼭 좀 잡아주세요."

"알겠소. 곧 잡아서 감옥에 처넣겠소."

그러자 사업가 왈,

"감옥에 처넣다뇨? 저는 그 놈을 제 수금사원으로 고용할 생각인데요."

그건 보통 일

한 젊은 여성이 어떤 사내를 변호사 사무실로 끌고 와서 소리쳤다.

"저 남자를 구속되게 해 주세요."

"자, 진정하시고 차근차근 말씀해 주세요."

변호사는 여자를 달래면서 이야기를 시켰다.

"먼저 그 사람이 무슨 짓을 했습니까?"

"아무도 나가지 못하도록 출입문에 자물쇠를 잠갔습니다."

"그것은 유괴죄에 해당됩니다. 형은 10년입니다. 그 다음에?"

"저의 드레스를 벗겼습니다."

"그것은 풍기문란죄입니다. 형이 2년쯤 추가되겠군요. 그 다음엔 어떻게 했습니까?"

"그 다음 저 사내는 손으로 저의 그것을……."

"알겠습니다. 성폭행죄입니다. 5년형 추가."

"그리고는?"

"저를 침대에 내동댕이쳤습니다."

"폭력에 의한 강제, 그러니까 10년 내지 15년 형기가 길어질 것입니다. 또 있습니까?"

"네. 그 다음에 저 사내는 저한테 침입했습니다."

"결국 갈 데까지 갔군요. 그건 분명한 강간입니다. 20년, 아니 전기의자에 보내어질지도 모릅니다."

변호사는 말했다.

"그런데 그가 그러는 동안에 당신은 소리를 지르면서 저항하지는 않으셨죠. 그렇지요?"

"저어 사실은 이웃에 폐를 끼치고 싶지 않아서 소리를 내지 않고 사내가 빨리 끝내기만을 기다렸습니다."

"안됐습니다."

변호사는 메모를 중지하고 말했다.

"그건 보통의 성교이거든요."

에이즈 예방

죄수 세 사람이 사형 선고를 받았다.

그런데 이 교도소의 사형수들은 교수형과 에이즈 바이러스 주사를 맞는 것 가운데 하나를 선택하여 죽을 권리가 있었다.

첫 번째 죄수와 두 번째 죄수는 교수형을 택했고, 그들이 원한 대로 교수형이 집행되었다.

세 번째 죄수는 에이즈 바이러스를 택했다.

그런데 그는 주사를 맞고 난 다음에도 표정이 명랑하기만 했다.

교도관이 이상하게 생각하며 그에게 물었다.

"자넨 뭐가 좋아서 그렇게 웃고 있나?"

그러자 그 사람이 대답했다.

"사실…… 전 지금 콘돔을 착용하고 있거든요!"

그가 수상하다

교도소에 들어온 지 얼마 안 된 죄수가 어느 날 불현듯 삭발을 하고는 자기의 생이빨을 5개나 뽑았다. 그러더니 며칠이 지나서는 교도소 주방에서 일을 하다가 손가락 하나를 칼에 베고 말았다.

또 며칠이 지난 어느 날, 그는 심각한 복통을 호소하며 맹장 수술을 받게 되었다. 그러자 담당 교도관은 심각한 얼굴로 자기 동료에게 경고하듯 말했다.

"이봐, 저 친구를 잘 감시해. 아무래도 자기 몸을 조각조각 분리해서 밖으로 내보내고 있는 것 같아!"

무기수 이야기

무기 징역수들이 모인 방에 죄수가 새로 들어왔다.

20년 이상을 한방에서 같이 보낸 무기 징역수들이 신참을 위해 재미있는 이야기를 하기 시작했다.

"14"

그러자 죄수들이 배를 잡고 웃기 시작했다.

"27"

이번에는 아예 숨이 넘어가는 것이었다.

이상하게 생각한 신참이 물었다.

"아니, 숫자가 뭐가 그리 재미있다고 웃으세요?"

그러자 무기 징역수 하나가 웃음을 겨우 참으며 이렇게 말하는 것이었다.

"음, 같은 이야기 자꾸 하기 싫어서 아예 이야기에 번호를 붙여 두었거든."

"우하하하……. 이건 101번이다!"

너 가져

두 명의 나이가 지긋한 미망인들이 카페에서 이야기를 나누고 있었다.

잠시 후 아주 멋진 신사가 카페에 모습을 나타냈다.

"얘, 내가 수줍음 타는 거 너두 잘 알잖니. 네가 가서 말 좀 걸어 봐."

친구는 알았다고 하며 남자에게 다가갔다.

"실례합니다, 선생님. 방해되지 않는다면 잠시 대화를 나눌 수 있을까요? 제 친구가 선생님이 너무 외로워 보인다고 하네요."

"물론 외롭죠. 지난 20년 간 감옥에 있다 나왔으니까요."

"농담이세요? 왜요?"

"내 세 번째 마누라를 죽였지요. 목을 졸라서……."

"그럼 두 번째 부인은요?"

"총으로 쏴 죽였지요."

"그럼……. 첫 번째 부인은요?"

"빌딩 옥상에서 말다툼하다가 밀어버렸지요."

"어머, 세상에……."

친구는 바로 뒤돌아서 말해 주었다.

"애, 너 좋겠다. 저 남자 싱글이래! 다 이야기해 두었으니까 가
봐."

빠삐용

무기수들이 드디어 탈옥을 하기로 결심했다.

창문으로 끈을 늘어뜨리고 한 사람이 타고 내려갔다.

얼마 후, 다시 올라온 그 사람 왈,

"안 되겠어. 끈이 너무 짧아."

이번에는 수건이나 속옷들을 모두 모아 끈을 길게 하여 늘어뜨

리고 다시 내려갔다. 한참 후 다시 올라와서는 하는 말,
"아무래도 안 되겠어. 이번엔 너무 길어."

회사와 감옥의 차이점

감옥 – 대부분의 시간을 4평짜리 방에서 지낸다.
회사 – 대부분의 시간을 1평짜리 책상에서 지낸다.

감옥 – 하루에 3번의 식사 제공을 받는다.
회사 – 하루에 한 번의 식사할 시간을 제공받는다. 물론 식사비
      는 자신이 부담한다.

감옥 – 착실하게 고분고분 생활하면 형기가 줄어든다.
회사 – 착실하게 고분고분 생활하면 더 많은 일이 주어진다.

감옥 – 교도관이 모든 문을 손수 열어주고 닫아준다.
회사 – 자신이 열쇠를 가지고 다니면서 손수 문 열고 닫는다.

감옥 – TV를 볼 수도 있고 게임을 할 수도 있다.
회사 – 한번 그렇게 해보시라. 어떻게 되는지…….

감옥 – 자신만의 변기를 소유할 수 있다.
회사 – 다른 사람과 같이 쓰면서 볼일 보기 전에 항상 좌변기의
      좌대를 닦아야 한다.

감옥 – 가족이나 친구들이 면회 올 수 있다.

회사 – 가족이나 친구들에게 전화조차 마음대로 할 수 없다.

감옥 – 감옥 안에서 사귄 친구들을 항상 제시간(식사, 운동, 산책)에 만날 수 있다.

회사 – 같은 회사 안에 있는 친구를 만나고 싶어도 모든 일을 끝내고 두 명의 상사가 퇴근할 때까지 기다려야 한다.

감옥 – 넥타이를 매지 않은 편한 복장으로 지낸다.

회사 – 항상 빳빳한 와이셔츠에 넥타이를 꽉 졸라매야 한다.

감옥 – 동료가 결혼을 하면 결혼한 친구가 음식이나 용돈을 준비해서 찾아온다.

회사 – 동료가 결혼을 하면 돈을 내야 한다.

감옥 – 모든 경비는 국고에서 지원되고 어떠한 노동도 요구하지 않는다.

회사 – 모든 경비는 스스로 부담해야 하고 일하러 가기 위해서도 스스로 경비(교통비, 식비 등등)를 지불해야 하고 심지어 죄수들을 위해 사용될 경비를 위해 임금에서 세금을 공제당한다.

감옥 – 인생의 대부분의 시간을 바깥세상을 그리워하며 철창(bars) 안에서 보낸다.

회사 – 인생의 대부분의 시간을 바깥세상을 그리워하며 술집 (bars)안에서 보낸다.

여자에 대한 환상

막 대학에 입학을 한 순진남 금봉이.

금봉은 고등학교 때까지 여자라는 존재에 대하여 잘 모르고 자신만의 이상형의 여자를 꿈꾸며 살아왔다.

그런 금봉이 대학에 입학해서 자신의 이상형의 여자가 동기 중에 있는 것을 발견한 것이었다.

예쁘고, 긴 생머리에 얌전하고 조용하고 여성스러운 그녀.

금봉은 너무나 순진하여 고백도 못하고 가슴만 태우고 있었다.

그러던 어느 날, 금봉은 동기들과 술을 마실 기회가 있었다.

한창 술 기운이 올라오고 있는데 금봉은 갑자기 화장실에 가고 싶어서 비틀거리는 발걸음으로 화장실에 갔다.

취한 탓에 들어간 곳이 마침 소변기가 없는 여자화장실이었다. 하지만 오줌보 터지기 일보 직전이라 거기서 일을 보기로 했다.

이게 웬 일인가? 갑자기 여자의 목소리가 들려오는 것이 아닌가?

'이크크!'

그래서 금봉은 문고리를 단단히 붙들고 여자들이 나갈 때까지 버티자 라는 생각을 하였다.

그런데 이런 일이!!!

들어온 여자는 2명이었는데 그 중에 한 명은 그 녀석이 마음속으로 사모하는 이상형의 여자였고, 다른 한 명은 그 여자애와 친하게 지내던 동기였던 것이다.

금봉은 너무나 긴장을 하며 밖의 소리에 귀를 기울였다.

그러다가 마침내 금봉의 이상형의 여자가 금봉이 있던 옆 칸에 들어온 것이다.

금봉의 심장은 뛰기 시작했다.

그녀의 옷 벗는 소리가 샤르륵 들려오기 시작했다.

그리고는 문득 들려오는 소리.

"뿌지직!"

금봉은 그녀에 대한 환상이 깨지는 것을 느낄 수 있었다.

그러나 금봉은 곧 자기 위안을 하고 있었다.

"사람은 누구나 똥을 싸는데 뭘……. 그녀라고 별 수 있겠어?"

금봉은 그래도 그녀를 사모하는 마음에 별이상이 생기지 않았다.

그러다가 옆 칸에 있던 그녀가 밖에 있던 친구에게 말하는 소리가 들렸다.

"야! 오늘 똥빨 끝내준다!"

사형수의 마음

사형이 집행되는 날 아침.

한 사형수가 전기 의자에서 받을 고통이 두려워 무척 초조해 하고 있었다. 보기가 딱했는지 어떤 한 사람이 다가와 말하기를 전기가 강해서 눈 깜짝할 사이에 죽기 때문에 전혀 고통을 느낄 시간조차도 없다고 안심을 시켜주었다.

그때 형 집행자가 와서 다른 한 명의 사형수를 데리고 갔다.

잠시 후, 비명 소리가 들리고, 울부짖는 소리가 온 교도소 안을 쩌렁쩌렁 울렸다. 초조해 하던 사형수가 물었다.

"이게 무슨 소리야, 어떻게 된거요?"

집행자가 알아보러 갔다가 돌아왔다.

"별거 아냐, 집행 도중에 전기가 나가는 바람에 촛불로 사형을 마무리하고 있는 중이래."

254

엽기적인 생선 트럭

"이 차에는 어린 광어, 우럭, 넙치, 도미가 타고 있습니다."

섹스 스캔들

어느 날 밤 클린턴의 딸 첼시가 백악관으로 뛰어들어왔다.

"아빠, 엄마! 멋진 소식이 있어요! 남자친구에게 청혼을 받았어요. 조지타운에 사는 매트인데, 정말 멋진 남자예요!"

저녁식사 후에 클린턴이 딸을 조용히 불렀다.

"첼시, 너에게 할 말이 있다. 너희 엄마는 좋은 아내다. 하지만 침대에서는 날 조금도 만족시키지 못했지. 그래서 난 여러 여자를 만났는데, 그 중의 하나가 바로 매트의 엄마란다. 매트는 너의 이복형제야."

첼시는 마음의 상처를 받았다.

그 후 몇 달 동안 남자친구를 사귀지 못하다가 일 년쯤 지난 어느 날 다시 환한 얼굴로 클린턴에게 말했다.

"아빠, 저 남자친구가 새로 생겼어요. 워싱턴에서 제일 잘생긴 남자애예요. 이름은 로버트인데, 저에게 결혼하자고 했어요!"

클린턴은 다시 딸에게 말했다.

"첼시, 안됐지만 그 녀석도 너의 이복형제다."

첼시는 너무 화가 나서 엄마 힐러리에게 달려갔다.

"엄마! 전 아마 결혼도 못할 거예요. 아빠는 내가 사귀는 남자마다 모두 이복형제래요. 이런 경우가 어딨어요!"

힐러리는 딸을 진정시키며 말했다.

"아가, 아빠 말에 너무 신경쓰지 말아라. 그 사람은 너의 아빠가 아니야."

형기의 차이

세 죄수가 감옥 안 운동장에서 대화를 나누고 있었다.

죄수1 : "난 은행을 털었는데, 10년 받았소."

죄수2 : "난 이웃집 여자를 강간했는데, 15년이우."

죄수3 : "난 사람을 죽였는데, 3일 받았소."

죄수1,2 : "뭐? 겨우 3일?"

죄수 3 : "3일 후에 날 매달거든."

노련한 죄수

외부로 보내는 편지가 모두 검열당한다는 사실을 알고 있는 교도소의 죄수가 아내로부터 편지를 받았다.

그의 아내의 편지에서 "여보, 텃밭에 감자를 심고 싶은데 언제 심는 게 좋죠?" 하고 물었다.

그는 이렇게 답장을 써서 보냈다.

"여보 우리 텃밭은 어떤 일이 있어도 파면 안돼요. 거기에 내 총을 모두 묻어놓았기 때문이오."

며칠이 지난 후 그의 아내에게서 또 편지가 왔다.

"수사관들이 여섯 명이나 와서 우리 텃밭을 구석구석 파헤쳐 놓았어요."

죄수는 즉시 답장을 써보냈다.

"이제 됐소. 지금이 감자를 심을 때요."

의사와의 정사

파티에서 만난 남녀가 정사를 가진 후 여자가 남자더러 의사가 아니냐고 물었다.

남자는 짐짓 주춤하며,

"어떻게 알았지? 설마 무슨 과인지는 모르겠지?"
하고 되묻자 여자가 대답했다.

"당연히 마취과죠. 당신과 하는 동안 아무 느낌도 없었으니까."

장갑 사이즈

어떤 남자가 아내에게 장갑을 사주기 위해 상점에 갔다.

그런데 막상 장갑을 사려니 크기를 알 수가 없었다.

상점 여직원이 친절하게 물었다.

"사이즈를 모르시겠다고요? 그럼 저의 손을 만져 보세요."

남자는 여직원의 손을 만지작거리고는 장갑 하나를 골랐다.

물건을 사 가지고 돌아가던 남자는 주춤거리더니 다시 상점으로 와서 수줍게 말했다.

"기왕 사는 김에 브래지어도 하나 살까 하는데요."

온도계

바람기 많은 부인을 둔 사나이가 있었다.

부인이 얼마나 바람기가 많은지 잠시도 한눈을 팔 수가 없었다.

이 남자의 일과는 하루종일 부인을 감시하는 것이었다.

어느 날, 이 날도 다른 날과 다름없이 부인을 감시하던 중 집으로 전화를 했으나 부인이 전화를 받지 않는 것이 아닌가?

이에 확증을 가진 남편은 집으로 득달같이 달려갔고 침실 문을 여는 순간 그 현장을 목격할 수 있게 되었다.

격분한 남편을 보고 놀란 부인이 변명하며 하는 말,

"어마 저는 지금 몸이 안 좋아서 진찰을 받는 중이에요. 이 분은 의사이시고요."

의사라는 그 남자도 남편에게 변명을 해댔다.

"아~ 저는 지금 부인의 진찰을 위해 체온을 재고 있는 것입니다."

그러자 남편 왈,

"꺼내서 눈금 없으면 죽~~~어!"

이상한 상상

어느 날 우연히 서점에 들렀다가 거기서 무슨 책 하나가 눈에 띄었다.

"이것이 **털이다!"

**부분만 가려져 있었던 것이다.

흥분을 감추고 떨리는 맘으로 조심스레 가려진 부분을 벗겨냈다.

"이것이 *지털이다!"

더욱더 가슴이 떨리고 주위를 둘러보았다.

아무도 쳐다보지 않는다는 확신이 서자 가려진 마지막 부분을 벗겼다.

"이것이 디지털이다!"

비밀번호

컴퓨터를 설치한 후, 로그인을 하려고 했다.

컴퓨터가 패스워드를 요구해서 'penis' 라고 입력했다.

그 때, 컴퓨터의 반응.

(PASSWORD REJECTED. TOO SHORT) : 이 패스워드는 너무 짧아서 거부됩니다.

여러 가지 비애

– 파워의 비애

신부를 안고서 지 힘없는 건 생각 않고 몸무게 타령하는 삐질이!

– 충격의 비애

쌍코피 터져 가면서 봉사하는데 손톱 깎는 신부 보며 충격 받는 신랑!

– 순결의 비애

매직데이와 첫날밤을 맞춘 것도 모르고 평생을 속고 살아야 하는 촌닭!

– 분위기의 비애

죽이는 음악 깔고 분위기 잡는데 갑자기 새나오는 방귀소리!

– 바보의 비애

캄캄한 이불 속에서 기대하는 신부에게 야광팬티 자랑하는 바보!

– 사기의 비애

"난 정말 처음이야!" 해놓고 백 가지 자세 응용하는 플레이보이!

– 금전의 비애

일생의 한번뿐인 첫날밤을 여인숙에서 보내는 자린고비!

- 실수의 비애

친구끼리 했었던 영자와의 사랑 애길 술김에 내뱉는 팔불출!

- 토끼의 비애

올라간 지 일 분 만에 내려와서 화장실 가서 칙칙이 뿌리는 토끼!

- 능력의 비애

지나친 힘 자랑으로 다음날 신부의 걸음걸이 변형시키는 변강
쇠!

- 수면의 비애

신부의 샤워시간 못 기다려 허벅지 문신 새기게 만드는 잠귀신!

- 습관의 비애

처음 보는 침대에 적응 못해 땅바닥 좋아하다 무릎 까지는 신토
불이!

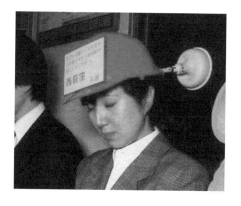

요강

쉬운 일 : 두 남자가 한 요강에 동시에 오줌누기.

어려운 일 : 한 남자와 한 여자가 한 요강에 동시에 오줌누기.

너무 어려운 일 : 두 여자가 한 요강에 동시에 오줌누기.

혀 짧은 도둑과 집주인

혀 짧은 주인이 사는 집에 도둑이 들었다.

혀 짧은 도둑 : "꼰딱마!"

집주인 : "아이 깐딱이야!"

도둑 : "누헤헤~ 니도 혀 딸라?"

여자를 공에 비유한다면?

10대의 여자 = 축구공

여러 명이 쫓아다닌다.

20대 = 농구공

쫓아 다니는 수가 줄었다.

30대 = 골프공

한 명만 죽자살자 쫓아다닌다.

40대 = 탁구공

서로 남에게 미룬다.

50대 = 피구공

모두 피한다.

첫날밤 이야기

변강쇠가 신혼여행에서 돌아와서 친구들이 모두 모여 그를 축하해줬다.

술 기운이 어느 정도 오르자 한 친구가 말했다.

"야~! 변강쇠. 너 첫날밤 애기 좀 해봐라."

"뭘 다 알면서."

변강쇠가 은근슬쩍 피하려 하자.

"첫날밤 애기 안 하면 오늘 술값 몽땅 네 몫이다!"

친구들의 엄포에 변강쇠는 할 수 없이 실실 웃으면서 말했다.

"그럼, 이건 그 다음날 아침 일인데……."

그 말을 듣고는 친구들이 따졌다.

"누가 다음날 애기 듣자고 했어? 첫날밤 애기를 하란 말야!"

"글쎄 끝까지 들으라니까! 다음날 아침이 돼서 색시가 하는 말이……."

실실 웃음 터뜨리던 변강쇠 왈,

"저 화장실 좀 다녀오게 이것 좀 빼 주실래요? 하지 않겠어?"

여자의 실수

어떤 여자가 자기 애인의 집에 초대를 받았다.

여자는 애인이 자기 생일 파티를 멋지게 준비할 걸 예상하고 최대한 멋을 내고 애인의 집에 갔다.

그런데 남자가 자기 집 문 앞에서 깜짝 놀라게 해줄 게 있다고 눈을 가리라고 하는 것이었다.

잔뜩 기대를 한 여자는, 남자가 시키는 대로 얼른 손수건으로 눈을 가렸다.

애인의 손에 이끌려 눈을 가리고 집에 들어갔는데, 남자가 갑자기 화장실이 급하다면서 먼저 방에 들어가 있으라고 하면서 방으로 안내하였다.

여자는 방에서 혼자 기다리고 있었다.

그런데 갑자기 여자는 긴장을 너무 한 탓인지 방귀가 뀌고 싶어졌다.

여자는 참을까 하다가 애인이 오기 전에 얼른 뀌어 버려야겠다고 생각했다.

그래서 여전히 눈을 가린 채로 방귀를 시원하게 뀌었다.

소리가 유난히 컸다.

게다가 오래 참은 방귀라 그런지 냄새가 지독하게 났다.

당황한 여자는 얼른 냄새를 없애버려야겠다고 생각하고 입고 있는 치마를 잡고 위아래로 펄럭거려서 냄새를 없앴다.

다행히 냄새가 좀 가라앉은 후에 남자친구가 방 안으로 들어왔다.

"오래 기다렸지. 미안."

남자는 "이제 손수건을 풀어줄게. 놀랄 거야."
하며 손수건을 풀어 주었다.

손수건을 풀고 앞을 본 여자는 기절을 하고 말았다.

자신이 있던 방에는 남자친구의 부모님과 친구들이 모두 모여 있었던 것이었다.

야타족 5단계

1단계 <야타> : 야! 타!

2단계 <구타> : 기습키스.

3단계 <안타> : 돌격! 안으로! 풀고 벗기고.

4단계 <질타> : 삽입.

5단계 <조타> : 조타니까 조타!

바퀴벌레 4형제

바퀴벌레 4형제가 있었다.

한데 이 놈들이 너무 착하게 살아서 하느님이 소원을 한 가지씩 들어준다고 했다. 그랬더니,

첫 번째 바퀴가 "전 소가 되어서 사람들을 위해 일하고 싶어요."

두 번째 바퀴가 "전 새가 되어서 멀리 날아가 보고 싶어요."

세 번째 바퀴가 "전 쥐가 되어 보고 싶어요."

라고 했다.

그런데 문제는 막내, 이놈은 머리가 좀 띨해서, 뭘 말해야 될지 감이 오지 않았다.

그래서 소원할 게 생각이 안 난 네 번째 바퀴는 망설이다가 이렇게 말했다.

"저 위에 형들이 한 걸 다~ 해보고 싶어요."

이 말에 하느님은 곰곰 생각하더니 그 역시 소원을 들어줬다.

그리하여 그는……

↓

"소세쥐"가 되었다.

개구리 나라

개구리 나라에선 가슴에 털난 개구리만이 경찰 개구리였다.

그러던 어느 날, 개구리 나라에서 개구리 토막 사건이 발생하였다. 그래서 가슴에 털난 경찰 개구리들이 수사를 하고 있는데, 갑자기 가슴에 털도 없는 개구리가 자꾸 알짱대는 것이었다.

그것을 본 가슴에 털난 경찰개구리.

"야! 넌 가슴에 털도 없는데 왜 여기서 알짱대지?"

그러자 알짱대던 개구리가 갑자기 바지를 벗으며 하는 말,

"난 비밀 경찰이다."

건전한 채팅을 합시다

지금부터 화상채팅하다가 웃겨서 죽을 뻔한 이야기를 들려드리겠습니다.

친구들이랑 피씨방에서 밤을 샌 적이 있습니다.

그렇게 밤새도록 스타크래프트를 하다가 새벽 5시쯤에 화상채팅을 했죠.

그런데 예상외로 새벽에도 화상채팅하는 인간들이 많더군요.

그건 그렇고 어디를 들어갈까 막 둘러보다가…… 눈에 띄는 방제가 있더군요.

"끝내주는 동영상 틀어준다. 들어온나."

호기심에 한번 들어가 봤죠.

들어가보니…… 그거 하나 볼끼라고 눈이 뻘개진 인간들이 줄줄이…… 여자도 4명이나 있었습니다.

반반하게 생긴 것들이…….

내 들어오자 방장이 하는 말.

"자~ 사람이 다 찼군요. 그럼 틉니다."

훗~ 정말 끝내주더군요. 그런데……, 진짜 웃긴 일은 여기서 부터입니다.

갑자기 한 놈이…… 바지를 훌훌 벗더니…… 자신의 모든 것을 다 보여주는 것이었습니다.

아마도 집에 카메라를 달아놓고 화상채팅을 하는 것 같았습니다.

물론 사람들은 황당해 하고 여자들은 뚫어져라 넋놓고 보고 있더군요. 응큼한 것들…….

그런데도 그놈은 부끄러워 하지 않고 자신의 그 모든 것을 카메라에 들이댔다가 하며 노는 것이었습니다.

그리고 여자들한테 어떠냐면서 막 물어보고…….

정말 미친놈이었습니다.. - - ;;

그런데 그 미친놈의 방문이 열리더니…… 그 녀석의 아버지인 듯한 사람이 들어오는 것이었습니다. ^^;;

완전 황당해 하는 아버지와 더 황당해 하는 아들의 모습이 그대로 카메라로 생중계 되는 상황이었습니다.

피씨방에 있던 사람들이 다 몰려와서 지켜보고 약 10분 동안 그 미친놈이 얻어맞는 모습을 즐겼습니다.

여러분…… 건전한 화상채팅을 합시다. ^^;;

당신이 불쾌한 기분 속으로 들어가기 때문에 모든 것이 불쾌해지는 것이다.

먼저 유쾌하게 생각하고 행동하라.

그러면 유쾌한 기분이 절로 솟아날 것이다.

이것이 평화와 행복을 불러오는 방법이다.

– 데일 카네기–